Patricia Schröder

EINE GINIE ZUM VERLIEBEN

cbj

DIE AUTORIN

Patricia Schröder, 1960 geboren, wuchs in Düsseldorf auf. Als ihre Kinder zur Welt kamen, zog sie sich in den Norden auf eine kleine Warft zurück. Anfangs vermisste sie den Trubel der Stadt, und so fing sie an, sich Geschichten auszudenken. Mittlerweile gehört sie zu den bekanntesten Kinder- und Jugendbuchautorinnen in Deutschland und hat schon zahlreiche Romane veröffentlicht.

Von Patricia Schröder ist bei cbj bereits erschienen:

Milla und Emilia
Landei mit Liebeskummer (Bd. 1, 22282)
Drei Jungs sind einer zu viel (Bd. 2, 22324)
Freundinnen und andere Ungeheuer (Bd. 3, 22356)
100 Küsse und ein Schokomuffin (Bd. 4, 22387)

Zweiland – Sternengold und Schattenschwarz (22309)

Prinzessin Gwendolina
Ein königlicher Auftritt (Bd. 1, 22108)
Die königliche Drachenjagd (Bd. 2, 22180)
Der königliche Heiratsschwindel (Bd. 3, 22218)

Lila Lakrizzen:
Leo hat Zickenzoff (Bd. 1, 28007)
Maja im Omafieber (Bd. 2, 28008)
Dotte kriegt die Krise (Bd. 3, 28012)
Fanny löst den Finkenfall (Bd. 4, 28027)

Die Reihe »**Erst ich ein Stück, dann du**«

Patricia Schröder

Eine Ginie zum Verlieben

cbj

cbj
ist der Kinder- und Jugendbuchverlag
in der Verlagsgruppe Random House

MIX
Papier aus verantwortungsvollen Quellen
FSC® C014496

Verlagsgruppe Random House FSC® N001967
Das für dieses Buch verwendete
FSC®-zertifizierte Papier *Munken Premium Cream*
liefert Arctic Paper Munkendals AB, Schweden.

1. Auflage
Erstmals als cbj Taschenbuch November 2013
Gesetzt nach den Regeln der Rechtschreibreform

Lektorat: Maren Jessen
Umschlagbild und Vignetten: Eva Schöffmann-Davidov
Umschlaggestaltung: Klaus Renner
jb · Herstellung: ReD
Satz: Uhl + Massopust, Aalen
Druck: GGP Media GmbH, Pößneck
ISBN 978-3-570-22423-6
Printed in Germany

www.cbj-verlag.de

Gefangen im Glas

»Giniiieee!« Madame Ludmilles schrille Stimme hallt durch die Gewölbegänge und lässt die mundgeblasenen Leuchterzapfen über mir erzittern. »Komm sofort hierher!«

Für die Dauer eines Wimpernschlags erstarre ich zu Glas. Ich atme tief ein und schiebe das glitzernde Sommertop, das ich für »Dinge herzaubern« besorgt habe, hastig unter meinen Pulli. Dann erst drehe ich mich um, laufe zum Ende des Ganges zurück und trete mit klopfendem Herzen in das gemütlich eingerichtete Büro der Direktorin.

Madame Ludmilles rundes Gesicht glüht dunkelrot vor Zorn, die schlohweißen Haare stehen wie elektrisiert von ihrem Kopf ab und die aquamarinblauen Augen treten aus ihren Höhlen hervor.

»Jetzt ist endgültig Schluss!«, donnert sie, und ihre geliebte venezianische Rundbauchvase, die einen Ehrenplatz in ihrer altmodischen goldfarbenen Schnörkelvitrine hat, zerfällt in tausend Scherben. »Wie oft muss ich dir noch sagen, dass du die Dinge, die du zur

Einübung der verschiedenen Beschaffungsdisziplinen besorgen sollst, nicht behalten darfst?«

Ich sehe Madame Ludmille treuherzig an und zucke mit den Schultern. »Ich weiß echt nicht, was Sie meinen.«

»So, das weißt du also nicht!«, wettert die Direktorin. Sie wirft einen Blick auf ihre Gläsersammlung und fährt in einem etwas verhalteneren Tonfall fort. »Dann gib mir bitte mal das Hemd, das du gerade unter deinem Pulli versteckt hast.«

Ich klimpere unschuldig mit meinen seidigen Wimpern. »Welches Hemd?«, frage ich.

Madame Ludmille schließt die Augen und saugt geräuschvoll Luft in ihre Lungen. »Mein liebes Kind«, sagt sie mit bebender Stimme, während sie die Augen geschlossen hält und die eingesogene Luft bei jedem einzelnen Wort langsam wieder entweichen lässt. »Es hat über dreihundertundfünfzig Jahre gebraucht, diese Vasen, Gläser und Karaffen dort in der Vitrine zusammenzusammeln. Jedes einzelne Stück ist rechtmäßig erworben, und ich habe – dschinniverflux noch mal – nicht vor, mir auch nur noch ein weiteres davon von dir zerstören zu lassen.«

Aber wieso denn von mir?, denke ich empört. Ich habe doch nicht herumgeschrien und die hübsche Rundbauchvase zum Platzen gebracht. Ich habe schließlich bloß …

»… das Glitzerhemdchen gestohlen«, greift die Direktorin korrigierend in meine Gedanken ein.

»Aber es gehört doch niemandem!«, rufe ich. Erschrocken beiße ich mir auf die Zunge. Verfluchiflix, wie konnte ich nur so unvorsichtig sein! »Und etwas, das keinem gehört, kann man auch nicht stehlen«, füge ich hastig hinzu.

»Aha«, sagt Madame Ludmille und spitzt ihre Lippen. »Nun denn, ich würde wirklich zu gerne erfahren, welcher meiner ehrenwerten Schulkollegen dich in dieser Weisheit unterrichtet hat.«

»Keiner«, gebe ich offen zu. Schließlich weiß ich nur zu gut, dass die Direktorin neben Klugheit und Besonnenheit nichts so sehr schätzt wie Ehrlichkeit. »Diese Weisheit ist mir sozusagen selbst entsprungen«, erkläre ich hocherhobenen Hauptes.

»Entsprungen, so, so.« Madame Ludmille lässt sich in ihren himmelblauen Plüschsessel sinken und sieht mich ein wenig ratlos an. »Mir hingegen entspringt nun leider gar nichts mehr«, sagt sie. »Im Gegensatz zu dir bin ich sozusagen am Ende meiner Weisheit angelangt – zumindest, was dich betrifft«, fügt sie seufzend hinzu.

Danach herrscht eine Weile Schweigen im Raum.

Ich rücke die leicht verrutschte Unschuldsmiene auf meinem Gesicht zurecht und beschließe, mich von den unheilschwangeren Worten der Schulleiterin nicht aus der Ruhe bringen zu lassen. Was soll mir schon groß passieren? – Wahrscheinlich wird Madame Ludmille darauf bestehen, dass ich das Glitzertop dem Schulfundus – einer miefigen alten Holzkiste, die bereits seit Jahrzehnten Unmengen von zu Übungszwecken besorgten Dingen verschlingt – zuführe. Na und? Beim nächsten Mal werde ich eben mehr Glück haben und wieder etwas von den vielen wundervollen Sachen behalten können, ohne dass Madame Ludmille oder einer ihrer ehrenwerten Kollegen es bemerkt.

Leise vor mich hin summend lasse ich meinen Blick über die fließenden zartrosa Vorhänge, den grazilen Schreibtisch aus pastellfarben schillerndem Muranoglas, die Plüschgarnitur und die große Vitrine gleiten. Dass die hübsche Rundbauchvase zersplittert ist, tut mir ehrlich leid. Schließlich weiß ich nur zu gut, wie sehr Madame Ludmille an ihren Glasgefäßen hängt. Gerade deshalb erstaunt es mich aber auch, dass sie so streng mit mir ist und von mir verlangt, dass ich alles wieder herausgebe, was mir gefällt.

»Du bist nun seit über fünfunddreißig Jahren an dieser Schule und hast immer noch nicht verstanden, worum es geht, mein Kind«, reißt Madame Ludmilles Stimme mich aus meinen Überlegungen.

Ich bemerke, dass sie sich kerzengerade aufgerichtet hat. Ihre normale, leicht durchsichtige Gesichtsfarbe ist zurückgekehrt. Außerdem hat sie ihre Haare in Ordnung gebracht und der Blick aus ihren blauen Augen ruht nun sanft und klar auf mir.

»Ein junger Flaschengeist darf sein Herz nicht an Dinge hängen!«, fährt sie in leicht säuselndem Tonfall fort. »Seine Aufgabe besteht einzig und allein darin, einem Menschen Dinge zu beschaffen oder Wünsche zu erfüllen. Erst sehr viel später, wenn er lange genug gedient hat und seine Persönlichkeit gefestigt ist, bekommt er einen Lohn für seine Arbeit und darf sich selbst auch einmal etwas gönnen.«

Ich stelle meine Ohren auf Durchzug. Ein junger Flaschengeist … lange genug gedient … blablabla … Wie oft habe ich mir das nun schon anhören müssen! Stöhnend verdrehe ich die Augen.

»Zum heiligen Gespenst von Canterville! Dann wirst du eben deinen Dienst jetzt schon antreten!«, brüllt Madame Ludmille.

Ich zucke zusammen. Erschrocken richte ich meine Augen wieder auf die Direktorin.

»Und ich rate dir eines«, fährt sie mit erhobenem Zeigefinger fort. »Nimm deine Aufgabe ernst und lass dich nicht verführen. Denn sonst wirst du nie wieder nach Hause zurückkehren können!«

… können … können … können … hallt es in meinem Kopf nach. Ich sehe, wie Madame Ludmille schwungvoll ihren Arm hebt und mit einem Schlag bin ich außerstande, mich zu bewegen. Meine Fußsohlen scheinen mit dem Boden verwachsen zu sein, meine Arme hängen steif an mir herunter und mein Blick fühlt sich wie eingefroren an.

Jetzt bist du wirklich aus Glas, Ginie, durchzuckt es mich. Ich fixiere Madame Ludmilles Mund, der sich langsam öffnet. Starr vor Entsetzen warte ich auf den Schrei, der mich in ebenso viele winzige Scherben zerspringen lässt wie eben die venezianische Rundbauchvase.

Der Mund der Direktorin wird größer und größer. Riesige weiße Zähne und eine dunkelrote, bedrohlich anschwellende Zunge kommen zum Vorschein. Im nächsten Moment spüre ich ein Knacken in den Gelenken. Meine stocksteifen Arme werden mit aller Kraft gegen meinen Körper gepresst und ein jäher Schmerz durchfährt meine Beine.

Mit wild pochendem Herzen warte ich darauf, dass ich zersplittere, doch stattdessen fange ich an, mich um die eigene Achse zu drehen. Immer schneller wirbele ich um meine Mitte, während Madame Ludmille zu einer Riesin heranwächst. Ihr mächtiger Busen wogt über mir, der mit großen bunten Blumen bedruckte Rock umflattert mein Gesicht, und ihre silberfarbenen Schnallenschuhe sind mit einem Mal so riesig, dass sie mich mühelos zertreten könnten.

»Neiiin!«, schreie ich. »Bitte, bitte nicht!«

Ruckartig werde ich abgebremst und plötzlich kann ich mich wieder bewegen. Ein Sog packt mich und zerrt mich in die Tiefe. Ich vernehme eine Art Schraubgeräusch und im nächsten Moment bohrt sich der beißende Geruch von Essiggurken in meine Nase.

»Sind Sie verrückt geworden?«, wettere ich. »Was zum Teufel machen Sie denn mit …?«

Das letzte Wort bleibt mir im Hals stecken. Ich spüre einen kräftigen Stoß, dann sause ich wie von einem Katapult abgeschossen durch einen weißen Tunnel. Wolkenfetzen tanzen um mich herum, und ein greller Sonnenstrahl blendet mich so stark, dass ich die Augen schließen muss. Einen Herzschlag später höre ich auf zu existieren.

In der Ferne höre ich ein leises Rauschen. Es ist ein seltsames, fremdartiges Geräusch, das mit nichts von dem vergleichbar ist, was ich in den bisherigen 84 Jahren meines Lebens vernommen habe.

Langsam öffne ich die Augen. Ich liege auf dem Rücken und über mir spannt sich der trübe Himmel eines schwülwarmen Sommertags. Mein Kopf dröhnt, als ob ich Schlag Mittag direkt neben Madame Ludmilles Gong gestanden hätte, und meine Knochen schmerzen wie Höllenfeuer. Stöhnend reibe ich mir über die Arme, dann setze ich mich langsam auf und sehe mich um.

Überrascht stelle ich fest, dass ich mich auf einem riesigen Untergrund aus hellbraunem Pudersand befinde. Darauf liegen locker verteilt lauter Dinge, die ich bisher nur von den Bildern in meinen Schulbüchern kenne: dicke, graue, mal scharfkantig, mal glatt oder sogar rund geformte Steine, dann lange Holzstecken, deren krüppelige Finger hämisch auf mich zeigen, oder riesige bunte Dosen und Flaschen, die fast doppelt so groß sind wie ich.

Am besten gefallen mir jedoch die wunderhübschen, in allen nur denkbaren Perlmutttönen schillernden

Engelsflügelmuscheln, die sich in einer schier unerschöpflichen Anzahl in den Puderschnee schmiegen.

Neugierig strecke ich meine Hand nach einem dieser Flügel aus, stoße mit den Fingerkuppen aber gegen einen harten Widerstand. Ich zucke zurück, taste mich nach kurzem Zögern noch einmal vor und lasse meine Hände über die glatte kühle Fläche gleiten, die mich umgibt. In einem sanften Bogen spannt sie sich unter meinen Knien und über meinem Kopf und mündet auf der einen Seite in einen glatten, ebenso durchsichtigen Boden und auf der anderen in einen rostigen Schraubdeckelverschluss.

Ich krieche auf den Deckel zu und lehne mich mit aller Kraft dagegen. Unter einem leisen Ploppen wölbt sich das rostige Metall nach außen, aber öffnen lässt es sich nicht. »Verschwurbelter Himmelsfurz, Ginie, du bist gefangen«, murmle ich. »Eingesperrt in ein Glas, in dem sich …« Mein Blick wandert auf die winzige Pfütze, die sich in der Wölbung zwischen Boden und Seitenwand gesammelt hat und aus der ein unangenehm säuerlicher Geruch zu mir herüberweht.

Todesmutig stecke ich einen Finger hinein und tippe ihn an meine Zungenspitze. Augenblicklich breitet sich ein widerlicher Geschmack in meiner Mundhöhle aus. »… zuvor tatsächlich Essiggurken befunden haben! Uaaah! Madame Ludmille!«, kreische ich. »Hol mich sofort hier raus! – Madame Ludmille!«

Ich halte kurz inne, warte und lausche. Doch nichts geschieht, nur das seltsame Rauschen in der Ferne wird allmählich lauter und immer lauter. – So als ob etwas Gigantisches auf mich zugetost käme …

Ich stoße mich vom Deckel ab und starre voller Entsetzen zum Horizont. Dort hat sich eine riesige dunkle Welle aufgetürmt, die in rasender Geschwindigkeit auf mich zurollt. Sie umspült die dicken grauen Steine, wirbelt einige der Stecken und bunten Flaschen wie Spielbälle umher und rauscht schließlich über mich hinweg. Kreischend schlage ich die Arme über meinem Kopf zusammen, kauere mich Schutz suchend so tief wie möglich in die Wölbung des Deckels und schließe die Augen. Im nächsten Moment werde ich in die Höhe geworfen. Panisch umschlinge ich meine Knie, mache einen doppelten Salto und schlage nur einen Wimpernschlag später am geriffelten Glasboden wieder auf.

Noch einmal schaue ich zum Horizont. Die dunkle Welle ist zum Glück verschwunden, doch ein untrügliches Gefühl sagt mir, dass sie jederzeit wieder über mich hinwegtosen kann.

»Madame Ludmille!«, rufe ich und hebe meine Hände flehend zum Himmel. »Bitte! Warum tust du mir das an? Ich schwöre dir … ich werde nie wieder …« Ein vibrierendes, Millionen Lichtjahre entferntes Lachen dringt an mein Ohr. »Nie wieder, ganz bestimmt nicht …«, murmele ich und lasse die Hände sinken. Plötzlich kocht Wut in mir hoch. »Wenn ich es dir doch verspreche!«, brülle ich zu meiner Direktorin hinauf. »Warum glaubst du mir nicht?«

Das Lachen verstummt, und mit einem Schlag wird mir klar, was geschehen ist: Madame Ludmille hat mich zur Erde hinuntergeschickt. Obwohl meine Schulausbildung noch gar nicht abgeschlossen ist und ich noch längst nicht alle Kniffe und Tricks beherrsche, die zur Wunscherfüllung notwendig sind, hat sie mich in ein Glas gesteckt und einem unbestimmten Schicksal überlassen. Derjenige, der mich findet und den rostigen Deckel öffnet, wird mein Herr und Gebieter sein. Ihm werde ich jeden Wunsch erfüllen müssen, egal wie irrsinnig, größenwahnsinnig oder dämlich er auch sein mag. Und nie wieder werde ich etwas für mich behalten dürfen.

Was dir sicher nicht besonders schwerfallen wird, denn darauf wolltest du ja ohnehin verzichten, höre ich Madame Ludmilles Stimme in meinen Gehörgängen wispern. Verflixt und zugedschinnt! Stehe ich jetzt etwa die ganze Zeit unter ihrer Bewachung?

Erwartungsvoll lausche ich in den Kosmos, doch als Antwort ertönt wieder nur dieses alles durchdringende Lachen.

»Natürlich stehe ich unter ihrer Beobachtung«, murmele ich und lasse mich seufzend an der Glaswand zu Boden gleiten. Wahrscheinlich hat sie mich hier unten sogar viel besser im Blick als auf dem Schulgelände.

Ich balle die Fäuste und trommele auf meine Knie ein. Dann lege ich den Kopf in den Nacken und stöhne laut und dramatisch. Doch das beeindruckt weder mein Schicksal noch Madame Ludmille.

»Wer, zum Teufel noch mal, wird wohl so bescheuert sein und dieses stinkige, vergammelte Gurkenglas aufschrauben, he?«, fauche ich, da spüre ich in meinem Rücken einen kleinen Stupser. Das Glas kullert sachte vor und zurück.

Ich riskiere einen Blick über die Schulter und bin mit einem Satz auf den Beinen.

Ein zotteliges braunes Monster starrt mich mit hungrigen Augen an. Es hat Eckzähne wie Säbel, eine gigantische Zunge und eine ebenso große schwarze Nase.

»Wuff!«, macht es. »Wuff! Wuff! Wuff!«

Von seinem Atem beschlägt das Glas. Dann verpasst es ihm einen erneuten Stupser und ich stolpere zurück. »Hey, Killer, lass das!«, höre ich jemanden rufen, und erst jetzt bemerke ich einen riesigen Mann, dessen nackte Füße direkt hinter dem Monster im Pudersand stehen. »Was willst du denn mit diesem ollen Gurkenpott? Na, komm! Hol lieber den Stock.«

Der Mann bückt sich, hebt einen der braunen Stecken auf und schleudert das Ding in Richtung Wasser.

»Wuff!«, macht das Monster und prescht dem Stecken hinterher.

Staunend bemerke ich, dass dieser Killer sich todesmutig der nächsten heranrollenden Welle entgegenstürzt, da schiebt sie sich bereits unter das Gurkenglas und katapultiert es mitsamt meiner Winzigkeit ein ganzes Stück weiter nach vorn. Wieder wirbele ich Salto schlagend um meine eigene Achse und wieder lande ich ein wenig unsanft auf meinem Allerwertesten.

Sofort rappele ich mich auf die Füße, um zu schauen, wo das Zottelmonster abgeblieben ist, doch ein langer, aus Tausenden von Steinen bestehender Wall versperrt mir die Sicht. Und allmählich dämmert mir, wo ich hier gelandet bin: an einem Strand am Meer! Nicht unbedingt der Traumplatz eines Flaschengeistes! In dieser Einöde ist die Chance, dass sich irgendjemand mal dazu herablässt, ein olles Gurkenglas zu öffnen, nämlich verschwindend gering. Meer und Strand bedeuten Einsamkeit. Wahrscheinlich werde ich hundert oder mehr Jahre auf meine Befreiung warten müssen. Befreiung – Pah! Wenn ich es mir recht überlege, wäre es vielleicht sogar besser, in diesem unwürdigen Gefäß zu versauern, als bis ans Ende meiner Tage einem Wichtigtuer, einem Idioten oder gar einem Tyrannen zu dienen.

Kurz nachdem der Mann und das Zottelmonster verschwunden sind, bricht die Dämmerung herein. Die Wolken lösen sich auf und am Horizont erscheint ein zarter rotgoldener Schimmer. Dann verfärbt sich der Himmel allmählich ins Dunkle. Die Mondsichel steigt auf und Millionen Sterne beginnen zu funkeln.

Ich sehe hinauf und denke an Madame Ludmille, an meine Klassenkameradinnen und Freunde. Ob Putilla, Romeo und die anderen überhaupt wissen, was mit mir geschehen ist? Ob ich sie jemals wiedersehe?

Ein schrecklich wehes Gefühl erfüllt meine Brust und breitet sich in meinem ganzen Körper aus. Ich spüre die Sehnsucht nach Putilla und Romeo bis in die Fingerspitzen. Klar weiß ich, dass ich sie eines Tages ohnehin verloren hätte. Ein Flaschengeist ist nun mal nicht dazu geboren, Freunde oder gar ein richtiges Zuhause zu haben. Aber ich bin noch nicht bereit gewesen, all das aufzugeben. Ich konnte mich ja nicht einmal von ihnen verabschieden!

Zitternd kauere ich mich am Glasboden zusammen, umschlinge meine Knie und versuche, nicht an meine alte Heimat zu denken. Doch das ist leichter gesagt als getan. Immer wieder tauchen die schneeweißen Wolkengänge, meine Lehrer und Romeos blitzende grüne Augen vor mir auf, oder ich höre Putillas glockenhelles Lachen so deutlich und klar, als ob sie unmittelbar neben mir säße. Eine Träne stiehlt sich aus meinem Augenwinkel, kullert mir über die Wange und tropft auf meinen Unterarm.

Hastig wische ich sie fort. Verdammt, ich werde das hier durchstehen – so wahr ich Ginie heiße! Jawohl! Und noch etwas schwöre ich hoch und heilig: Für dieses gemeine Unrecht, das mir Madame Ludmille angetan hat, werde ich mich rächen. Und wenn es eine Million Jahre dauert – irgendwann wird sich mir schon noch die Gelegenheit dazu bieten.

Wunschkandidaten

Als ich die Augen öffne, ist es taghell. Der Sand, die Engelsflügelmuscheln und sogar die Steinbrocken glitzern im Sonnenlicht. Der Himmel spannt sich wie eine endlose hellblaue Decke über mir, nur am Horizont sind ein paar winzige schneeweiße Wölkchen zu sehen.

Ich fühle mich seltsam schwer und ungelenk, was wahrscheinlich daran liegt, dass ich mich mittlerweile an die veränderte Schwerkraft gewöhnt und mein Gewicht den physikalischen Gegebenheiten auf der Erde angepasst habe. Zudem ist es für einen Flaschengeist alles andere als normal, in einen Tiefschlaf zu sinken. Üblicherweise dösen wir nur ab und zu ein wenig vor uns hin, um unsere umherschwebenden Gedanken einzufangen und zu beruhigen. Ansonsten brauchen wir eigentlich keine Erholung, zumindest nicht, solange wir uns in unseren heimatlichen Gefilden befinden. Erst wenn wir unsere Ausbildung abgeschlossen haben, werden wir in einer feierlichen Zeremonie dem Glasgefäß zugeführt, das in Form und Herkunft am ehesten unserem jeweiligen Wesen entspricht, und zur Erfüllung unseres Dienstes auf die Erde geschickt. Erst hier nehmen wir nach und nach menschliche Eigenschaften an, werden fester und schwerer und müder. – Uääähhh!

Ich gähne herzhaft, rekele mich gründlich durch und sehe mich um. Es scheint ziemlich früh am Morgen zu sein, denn die Sonne steht noch nicht besonders hoch. Außerdem stelle ich zu meiner großen Erleichterung fest, dass das Meer sehr viel weiter von mir entfernt ist als gestern.

Trotzdem könnte ruhig etwas passieren. Es muss ja nicht gleich so aufregend oder beängstigend wie Meerwellen oder Zottelmonster sein. Ein netter Mensch, der am Strand entlangschlendert und einen Purzelbaum schlägt, würde mir durchaus genügen.

Ich richte den Blick nach oben und verziehe meinen Mund zu einem Lächeln. »Hallo, Madame Ludmille, merkst du, wie bescheiden ich bereits geworden bin?«

Ich warte, lausche und blinzele, aber diesmal kommt keine Antwort.

»Hey, ich weiß, dass du mich beobachtest«, brumme ich. »Ich hoffe ja nur, dass mein eintöniges Dasein dich nicht langweilt und du auch in den entscheidenden Momenten ein Auge auf mich hast. – Heya, hallooo, Madaaame Ludmiiille?«

Alles, was passiert, ist – nichts.

Ach, vergiss es doch, denke ich zornig. Ich will

mich ja gar nicht ändern. Im Gegenteil: Ich finde mich ziemlich gut so, wie ich bin.

»Ich habe noch nie jemandem etwas wirklich Böses angetan!«, rufe ich. »Hörst du? Noch nie.«

Die Einzige, die diesbezüglich auf meiner Liste steht, bist du, meine liebe Direktorin. Aber wen, außer mich, interessiert das schon?

Der Vormittag zieht sich dahin wie ein endlos langes Wolkenband. Ich sehe der Sonne dabei zu, wie sie allmählich höher steigt und das helle Morgenblau des Himmels sich in ein kräftigeres, klareres verwandelt. Ich zähle Muscheln, beobachte winzige Krabbeltiere, die über den Steinwall flitzen, und ein paar weißgraue Vögel mit roten Schnäbeln, die über den Strand spazieren und mit geschäftiger Miene kleine Stecken und Halme zusammentragen.

Und dann endlich, als ich schon gar nicht mehr damit rechne, tauchen zwei Menschen auf.

Es sind ein Mann und eine Frau. Sie gehen langsam und gebückt, heben hier und da etwas auf und legen es in eine Tüte. Erst als sie näher kommen, sehe ich, dass es die Engelflügelmuscheln sind, die sie einsammeln.

»Aber nicht alle, ja!«, rufe ich und hämmere gegen das Glas.

Natürlich ist mir klar, dass sie mich weder hören noch sehen können – zumindest solange ich in diesem elenden Gefäß hocke. Von meinem Lehrer Engelbert Why, der mich in Menschenkunde unterrichtet hat, weiß ich jedoch, dass einige von ihnen eine Art Übersinn besitzen. Sie können Dinge, Wesen oder Gegebenheiten erfassen, die eigentlich außerhalb ihres normalen Wahrnehmungsvermögens liegen. Vielleicht habe ich Glück und diese beiden Menschenexemplare gehören zu ebendieser speziellen Gattung. Und so hämmere ich munter weiter und brülle:

»He, hallo, hier bin ich! Hört ihr, ich mag diese wunderhübschen Muschelflügel auch. Lasst mir also bitte noch ein paar übrig!«

Tatsächlich hebt die Frau ihren Kopf und blickt zu mir herüber. Ich hopse wie verrückt auf und ab und winke ihr zu.

»Hallo, Lady. Jaaa, du hast richtig gesehen. Ich bin es, Ginie, ein Flaschengeistmädchen. Wenn du vielleicht dieses hübsche Gurkenglas nehmen, den rosti… äh, güldenen Edelmetalldeckel abschrauben und mich herauslassen könntest…« Ich zaubere ein unwiderstehliches Lächeln in mein Gesicht. »Das wäre wirklich gaaanz reizend und ich würde dir aus ewig währender Dankbarkeit jeden, aber auch absolut jeden Wunsch auf der Stelle erfüllen… Na, ist das ein Angebot?«

»Schau mal, Johannes«, sagt die Frau tatsächlich. »Das arme Ding dort! Das hätte ich fast übersehen.«

Sie streckt ihren Finger aus und deutet auf – mich! Juhu! Sie hat mich bemerkt. Und nicht nur das. Sie hat sogar erkannt, in welch misslicher Lage ich mich befinde.

»Meinst du das, Hilde?«, fragt der Mann und schon hält er mein Gurkenglas in der Hand und reicht es ihr.

Ich sehe ihre warmen braunen Augen, die unzähligen feinen Falten drum herum, die Grübchen in den Wangen und plötzlich will ich nur noch eins: den Rest ihres Lebens mit ihr verbringen und danach für immer frei sein!

Sie schüttelt den Kopf. »Was die Leute hier so alles wegschmeißen.« Dann richtet sie ihren Blick zu Boden. »Lebt das arme Ding überhaupt noch?«

»Na klar!«, rufe ich. »Jetzt schraub endlich den Deckel ab, Hilde, und lass mich hier raus! Dann wirst du's schon sehen. Und du wirst es nicht bereuen. Das verspreche ich dir.«

»Ich bin mir nicht sicher«, höre ich Johannes antworten. »Diese kleinen Wesen gehören nun mal ins Wasser.«

Hä? Was redet der denn da? Ich bin doch keine Badenixe! Ich lege nicht den geringsten Wert darauf, mit Wasser in Berührung zu kommen. Im Gegenteil: Ich bin ein Geist, ich liebe es luftig und trocken. Je eher ihr mich von hier wegbringt, und zwar weit weg, desto besser ist es für mich!

Aber Hilde scheint das alles nicht zu interessieren. Sie stellt mein Glas in den Sand zurück und nimmt stattdessen ein winziges weißes Ding auf, das sechs ziemlich krumme Beine und zwei scherenartige Hände hat.

»Du hast recht, mein Lieber«, entgegnet sie. »So ein

Krebs will schwimmen. Wir sollten ihn ans Wasser bringen.«

Und dann zockeln die beiden mit ihrer Tüte voller Engelsmuscheln und diesem hässlichen Krebswesen los.

»Mann, ihr seid vielleicht … Hrrr!«, rufe ich ihnen nach. »Ich hätte diese Angelegenheit in null Komma nix für euch erledigt und euren Liebling in wenigen Sekundenbruchteilen ins Meer zurückgebracht.«

Aber was soll's. Da warte ich eben auf den Nächsten, der seine Augen richtig aufsperrt und … Moment mal. Da kommt ja schon jemand. Es ist ein kleiner Junge mit blonden Locken und leuchtenden blauen Augen.

»Mama, Burg bauen«, befiehlt er und rammt seine Schaufel in den Sand.

»Pass auf, dass du das Glas nicht triffst«, ruft seine Mutter erschrocken und schiebt mich ein Stück zur Seite.

»Das brauch ich aber«, widerspricht der Junge.

Schlaues Kerlchen. So ein hübsches Glas kann man doch immer gebrauchen. Ich schneide ein paar Grimassen, weil ich mir vorstelle, dass er das bestimmt lustig findet. Doch seine Mutter schiebt mich einfach noch ein Stück weiter weg.

»Später vielleicht«, vertröstet sie ihn. »Jetzt bauen wir erst mal die Burg.«

Grrr!

Es dauert den ganzen Vormittag, bis die Burg endlich fertig ist. Drei kichernde Mädchen schlendern vorbei, bewundern das sandige Bauwerk, loben den kleinen Jungen in den höchsten Tönen, schenken mir und meiner Behausung aber nicht die geringste Beachtung. Banausen!

»Jetzt kommt der Turm«, verkündet der Junge plötzlich.

Er packt das Gurkenglas, schüttelt es kräftig hin und her, sodass ich von einer Ecke in die andere geschleudert werde, und platziert es mitten auf den Sandburghügel.

Seine Mutter betrachtet mich kritisch.

»Ohne Glas gefiel er mir besser.«

»Mir auch«, sagt der Junge und versetzt meiner Behausung kurzerhand einen kräftigen Schlag mit seiner Schaufel.

»Niklas!«, höre ich seine Mutter noch schimpfen, da rolle ich bereits in einem solchen Höllentempo über den Strand, dass ich nicht mehr weiß, wo der Himmel anfängt und die Erde aufhört.

Ich halte die Luft an und versuche einen Punkt am Horizont zu fixieren, damit mir nicht schwindelig wird, und plötzlich knallt das Glas gegen einen harten Gegenstand. Vor Schreck fange ich wieder an zu atmen und stelle fest, dass ich zwischen einem Paar riesiger abgewetzter grauer Turnschuhe gelandet bin.

»Hoppla, wo kommst du denn her?«, fragt die wundervollste Stimme, die ich je vernommen habe.

Ich richte meinen Blick nach oben und bemerke zwei hübsche bernsteinfarbene Augen, die von einem dichten Kranz schwarzer Wimpern umgeben sind, und darunter einen breit lachenden Mund. »Heya, hallo…«, krächze ich. »Könntest du wohl den Deckel…«

Weiter komme ich nicht, denn nun bückt sich der Junge, zu dem die Bernsteinaugen gehören, und greift nach mir. Und wieder stockt mir der Atem.

»Hey, was hast du denn da gefunden?«, ruft jemand hinter uns. »Etwa eine Flaschenpost?«

Ich wirbele herum und sehe direkt in die grinsenden Gesichter der drei Kichermädchen, die vorhin schon mal an mir vorbeigelaufen sind.

»Keine Ahnung«, erwidert der Junge. »Sieht eher aus wie ein Gurkenglas.«

»Zeig doch mal«, fordert die Kleinste des Mädelterzetts ihn auf. Sie hat schulterlange dunkle Haare und haufenweise dunkle Tupfen im Gesicht – und sie ist mir genauso unsympathisch wie ihre beiden Freundinnen: eine schlaksige Blonde mit Brille und eine pummelige Rothaarige, die an einer Zuckerstange lutscht.

Hastig drehe ich mich um, denn ich will den Jungen anschauen. Seine goldglänzenden Augen sehen mich ebenfalls an. Immer näher kommt sein Gesicht, immer größer werden Augen, Nase und Mund. Ich sauge mich an seinem Blick fest und mein Herz fängt wie wild an zu klopfen.

Befreie mich!, flehe ich lautlos. Hol mich hier raus! Ganz egal, was du dir von mir wünschst, ich will liebend gerne alles für dich tun!

»Glaub mir, da ist nichts drin«, sagt er. »Außer einer kleinen Pfütze.«

»Gurkenwasser?«, vergewissert sich eines der Mädchen und kichert. – Grrr! Kann mir vielleicht mal jemand erklären, was daran so lustig sein soll?

»Jedenfalls kein Zettel mit einer Botschaft«, sagt der Junge und stellt das Glas in den Sand zurück.

Nein!, beschwöre ich ihn. Du musst mich behalten! Auch wenn du das Glas vielleicht nicht öffnen willst, nimm mich doch bitte mit zu dir nach Hause und stell mich auf deinen Nachttisch. Ich möchte in deiner Nähe sein. Tag und Nacht, Sekunde für Sekunde. Ich möchte dich auf Schritt und Tritt begleiten, deinen Schlaf bewachen und dir alle Wünsche erfüllen, die über deine wundervollen Lippen gekommen sind.

Herrje! Ich hoffe ja sehr, dass Madame Ludmille nicht ausgerechnet jetzt zu mir herunterschaut. Wahrscheinlich würde sie denken, dass ich von allen guten Geistern verlassen bin.

»Vielleicht hast du nur nicht richtig hingeguckt«, sagt das Mädchen mit den Tupfen im Gesicht. »Könnte ja auch so was wie ein Geist drin sein.«

Der Junge kratzt sich am Kopf. »Du meinst so etwas wie ein Flachengeist?«, erwidert er.

Ja! Ja! Ja!

Augenblicklich fange ich wieder an zu hüpfen und zu winken. Siehst du mich denn nicht?

Unschlüssig betrachtet er das Glas. Schließlich zuckt er mit den Schultern und reicht es Tupfi lächelnd. »Ich finde, dann solltest du ihn befreien.« Er nickt den Mädchen noch einmal zu, schiebt die Hände in seine Hosentaschen und schlendert davon.

Oh nein!

»Oh nein!«, quieken die drei im Chor. Dann schlagen sie sich alle gleichzeitig die Hand vor den Mund und sehen dem Jungen erschrocken hinterher.

Aber entweder hat er sie nicht gehört oder er lässt sich nichts anmerken. Jedenfalls dreht er sich – leider! – nicht mehr zu uns um.

»Ich wette, das war ein Hinweis«, sagt die Pummelige.

»Quatsch«, erwidert Tupfi, doch die schlaksige Blonde nickt eifrig. »Er möchte bestimmt, dass du dir wünschst …« Sie bricht ab und fängt an zu kichern.

»Ach, ihr seid blöd«, brummt Tupfi und beugt sich zu mir herunter. Ehe ich mich versehe, hat sie das Gurkenglas gepackt und nur einen Lidschlag später finde ich mich in ein milchig weißes Licht getaucht zwischen Hunderten von Engelsflügelmuscheln wieder.

»Blöd – ach ja?«, höre ich Schlaksi provozierend fragen. »Und warum hast du das Glas dann eingesteckt?«

»Nur so«, sagt Tupfi.

Die Tüte schwenkt sanft hin und her und ich schließe daraus, dass die Mädchen sich wieder in Bewegung gesetzt haben.

»Quatsch doch keinen Kürbis«, sagt Pummi. »Du machst nie etwas *nur so.*«

»Dann ist es jetzt eben das erste Mal«, entgegnet Tupfi trotzig.

Eine Weile herrscht Schweigen, nur die Schritte der Mädchen knirschen im Sand.

»Aus dir soll mal einer schlau werden«, sagt Schlaksi schließlich.

Tupfi stöhnt. »Ist ja wohl meine Sache, oder?«

»Nur die Ruhe«, beschwichtigt Pummi die beiden. »Kein Grund zu streiten.«

»Ja, ja, schon gut«, meint Schlaksi. »Und was machen wir jetzt?«

»Ich geh nach Hause«, antwortet Tupfi. »Ich muss noch für den Vokabeltest lernen.«

»Aber doch nicht vier Stunden!«, stößt Schlaksi hervor.

»Und wenn schon.«

»Ts!«, macht Pummi. »Alix, merkst du's denn nicht? Sie will alleine sein!«

»Was? Mit dem Gurkenglas?«, platzt Schlaksi heraus.

»Quatsch, mit ihren Gedanken!«

»Ist ja wohl meine Sache«, wiederholt Tupfi. »Bis morgen.«

Ihre Schritte werden schneller und die Tüte schwenkt nun heftig hin und her.

»Bis morgen!«, rufen Pummi und Schlaksi. »Und lern schön!«

»Haha«, macht Tupfi und lautes Gebimmel erklingt.

Ich höre keine Schritte mehr, dafür kriegt die Tüte jetzt richtig Fahrt drauf, und einen schmerzhaften Augenblick später wird mir klar, dass ich den Jungen und seine wunderschönen Bernsteinaugen wahrscheinlich nie mehr wiedersehen werde.

In verkehrten Händen

Zum Glück ist die Reise schneller zu Ende, als ich befürchtet habe. Nach einigen schwindelerregenden Schwenkern stoppt die Tüte urplötzlich, dann wird sie abermals nach oben gezogen und im nächsten Augenblick erscheint das Gesicht des Tupfenmädchens über mir.

»Ich nehm euch erst mal mit rein«, verkündet sie. »Mama kann es zwar nicht leiden, wenn ich Muscheln und anderes Getier mit ins Haus schleppe, aber sie muss es ja nicht wissen«, sprudelt es aus ihr hervor.

Getier – Pah! Die Gute hat ja keine Ahnung, welch edles Wesen sie sich eingefangen hat!

Jetzt zwinkert sie mir auch noch zu, dann verschwindet ihr Gesicht wieder.

»Das Fahrrad soll zwar auch immer gleich in den Keller runter«, brabbelt sie unterdessen munter weiter, aber ich kann ja schlecht alles auf einmal machen.«

»Ich schon«, brumme ich. »Aber das werde ich dir ganz gewiss nicht auf die Nase binden.«

»So, da wären wir!«, ruft sie.

Ich stürze kopfüber nach unten und lande mit einem Schlag mitten auf einem orangeroten Teppich. Über mir hängt ein türkisfarbener Leuchter, an dessen Arm eine geblümte Strumpfhose baumelt. Außerdem sehe ich einen großen weißen Schrank, einen Plüschsessel, der dem von Madame Ludmille nicht unähnlich ist, ein Regal, einen Schreibtisch aus dunklem Holz, ein Bett aus Korbgeflecht und jede Menge Chaos. Wohin ich meinen Blick auch richte, Schreibtisch, Bett oder Teppich – alles ist übersät mit Stiften, Zeitschriften, Büchern und anderem Kram, den ich nur von den Abbildungen aus meinen Schulbüchern kenne.

Tupfi hockt direkt neben mir in einem Haufen voller Muscheln und streicht über das Gurkenglas. »Billie und Alix haben recht«, murmelt sie. »Du bist wirklich nicht besonders hübsch. Aber immerhin hat Luca dich in der Hand gehabt. Wenn ich dich anfasse, ist es fast ein bisschen so, als ob sich unsere Finger berührten.« Sie schließt die Augen und lächelt verzückt. Zwei Sekunden später schüttelt sie entschieden den Kopf. »Trotzdem weiß ich nicht, ob ich dich behalten soll. Dein Deckel ist schon total verrostet.« Tupfi legt ihre Hand darum, spannt die Muskeln an und presst ihre Lippen zusammen. »Himmel, Knurks und Wolkenbruch … hrrr!«

Hastig fliehe ich in Richtung Glasboden und mache mich so klein wie möglich. Mir ist zwar noch nie zu

Ohren gekommen, dass ein Flaschengeist sich seinen Herrn selber hätte aussuchen können, aber man soll die Hoffnung ja nie aufgeben, und so fange ich an zu beten:

Bitte, lass sie das Glas nicht aufbekommen! Bitte, mach, dass sie mich wegwirft. Ganz egal, wo ich lande, aber bei diesem Mädchen und in diesem Durcheinander möchte ich nicht bleiben!

Wie gebannt starre ich auf den Deckel, der sich nun langsam zu drehen beginnt. Neiiin!, schreit alles in mir. Ich ziehe die Knie an und werfe schützend die Arme über meinen Kopf. Ein metallisches Schaben ertönt und lässt die Wände des Gurkenglases erzittern. Dann werde ich von einem Sog ergriffen und fliege auf den Schreibtisch zu. Gleichzeitig schrumpft alles, was eben noch riesengroß war, in Sekundenschnelle auf ein gewohntes Maß zusammen.

Ich vernehme ein Scheppern, eine Tasse stürzt zu Boden und hinter mir fällt ein Papierkorb um.

Ich beachte es nicht, sondern konzentriere mich auf das große Fenster neben mir. Zum Glück hat es eine Tür, die einen Spaltbreit offen steht. Ohne lange zu überlegen, stoße ich sie auf und hechte hinaus.

»Hey, was ist denn jetzt schon wieder los?«, höre ich Tupfi noch rufen, da fliege ich bereits über eine Holzliege, die auf einer schmalen Terrasse steht, und schlage unsanft zwischen unzähligen Gänseblümchen auf einer Rasenfläche auf.

Ich verkneife mir einen Aufschrei und sehe zu, dass

ich so schnell wie möglich auf die Beine komme. Vielleicht schaffe ich es ja, mich aus dem Staub zu machen, bevor meine liebe Tupfenfreundin mich erblickt und mich mit ihren Anliegen behelligen kann. Aber leider wird mir nur allzu schnell klar, dass ich nicht nur mächtig gewachsen, sondern auch mindestens hunderttausend Kilo schwerer geworden bin. – Und die sollen erst mal bewegt werden!

Ich kriege jedenfalls keinen Zeh vor den anderen, sondern stehe fest im Gras verwurzelt und fixiere mit klopfendem Herzen die Tür, durch die ich eben geflohen bin.

Es dauert keine halbe Minute und Tupfi tritt auf die Terrasse heraus.

»He, was machst du denn hier?«, ruft sie mir zu. »Hast du dich verlaufen?«

»Äh ...« Unschlüssig sehe ich mich um. »Glaub schon. Wenn du mir vielleicht sagen könntest, wie ich jetzt am schnellsten wieder auf die ... äh ... Straße komme ...«

»Klar, kann ich das«, erwidert sie, zieht die Nase kraus und schlurft langsam auf mich zu. »Bist du neu in unserer Gegend?«, erkundigt sie sich. »Ich hab dich nämlich noch nie gesehen.«

»Äh ...«, stammele ich. »Ja, also ...«

Tupfi umrundet die Liege und bleibt unmittelbar vor mir stehen.

»Wie kommst du überhaupt in unseren Garten?«, fragt sie und deutet kopfschüttelnd zur Hecke, die die Rasenfläche umgibt. »Kapier ich nicht.«

Und ich werde es dir nicht erklären, denke ich und starre sie an.

»Es war jemand hinter mir her«, presse ich schließlich hervor. Etwas Intelligenteres fällt mir leider nicht ein.

Tupfi staunt nicht schlecht.

»Du wurdest verfolgt?«, fragt sie ungläubig.

»Ja«, sage ich. »Äh… von so einem Zottelmonster.«

»Zottelmonster?«, wiederholt sie und schüttelt abermals den Kopf, dann aber hellt sich ihre Miene auf. »Oh, du meinst Killer.«

»Äh…«

»Den Hund von Herrn Hellbig.«

»Oh, ja, na klar«, beeile ich mich zu antworten. Dabei weiß ich nicht einmal, was ein Hund ist.

Tupfi macht eine abwiegelnde Geste. »Der ist völlig harmlos. Der will bloß spielen.«

»Aha«, sage ich.

»Weißt du, Herr Hellbig kümmert sich nicht so dolle um ihn. Der ist ein bisschen…« Tupfi wedelt vor ihrer Stirn herum. »Du weißt schon… Der hat nur seine Bücher im Kopf. Der liest sogar, während er durch die Gegend spaziert.« Sie fährt sich durch die Haare und wirft einen unschlüssigen Blick über ihre Schulter. »Hast du Lust, ’n Moment mit reinzukommen? Ist allerdings nicht aufgeräumt.«

Ich hebe abwehrend die Hände. »Nee, nee, lass mal.«

Tupfi zieht eine Schnute und mustert mich von den Ponylocken bis zu den Spitzen meiner Glitzerballerinas. »Ich heiße übrigens Ona«, sagt sie gedehnt. »Das bedeutet Glück und Reichtum. Cool nicht?«

Ich nicke eifrig. »Mhm, total.«

Ona Tupfenmädchen legt den Kopf ein wenig schief und blinzelt mich treuherzig an. »Und du?«

»Was meinst du?«, frage ich irritiert.

»Hast du auch einen Namen?«

»Äh … klar! Ich heiße Ginie.«

»Wow!« Ona scheint beeindruckt zu sein. »Das klingt ziemlich italienisch. Kommen deine Eltern aus Italien?«

»Meine Eltern? … Äh, nein.«

Wie soll ich ihr auch erklären, dass Flaschengeister keine Eltern haben?

»Dann bist du also von hier?«, bohrt Ona unbeirrt weiter.

»Nicht direkt«, druckse ich.

»Okay, dass du neu in der Stadt bist, hab ich mir ja schon gedacht«, meint sie. »Aber kommt ihr auch aus Deutschland?«

Ich nicke. »Ja, klar.« Dann deute ich zur Hecke. »Wenn du mir jetzt vielleicht den Weg zeigen könntest.«

»Oh ja, natürlich.« Ona setzt sich sogleich in Bewegung. »Entschuldige bitte. Ich fand es nett, mit dir zu quatschen. Da hab ich glatt vergessen, dass du unfreiwillig bei uns gelandet bist.« Sie wirft noch einen kurzen Blick auf meine Ballerinas, dann hakt sie sich bei mir unter und lächelt mich an. »Dafür bringe ich dich jetzt bis zur Straße.«

Zu meinem großen Erstaunen ist es plötzlich überhaupt kein Problem mehr für mich, von der Stelle zu kommen. Meine Füße fühlen sich irre leicht an, fast habe ich das Gefühl, über den Boden zu schweben.

»Also, ich find's toll, dass du jetzt hier wohnst«, sagt Ona, nachdem wir den Rasen überquert haben und hinter einem Blumenbeet in eine Auffahrt eingebogen sind. »Du kannst jederzeit wieder vorbeikommen.« Sie zwinkert mir zu. »Und zwar nicht nur, wenn Killer hinter dir her ist.«

»Klar, mach ich doch gerne«, schwindele ich.

»Ich bin allerdings oft unterwegs«, plappert Ona weiter, während sie mich an einem Mauerpfosten vorbei auf den Bürgersteig zieht.

»Mit deinen Freundinnen?«

»Ja, mit Billie und Alix.«

»Oh«, sage ich.

Ona sieht mich an. »Die beiden sind ganz okay. Bis auf…« Sie bricht ab und zieht die Nase kraus, sodass ein paar der braunen Tupfen in einer Hautfalte verschwinden.

»Bis auf was?«, hake ich nach und ärgere mich sofort darüber, dass ich viel neugieriger bin als ich sein will.

»Ach, das erzähl ich dir vielleicht später mal«, meint Ona. »Wenn wir uns besser kennen.«

Das wird nicht passieren, denke ich und lächele sie an.

Ona lächelt zurück. »Ich glaube, du bist echt nett«, murmelt sie und seufzt leise. Dann schaut sie nach rechts und nach links die Straße hinunter. »Und in welche Richtung wohnst du?«

»Das verrate ich dir, wenn wir uns besser kennen«, erwidere ich.

Sie verzieht ihren Mund zu einem breiten Grinsen. »Okay, dann wünsche ich mir, dass du morgen wieder herkommst. Und damit du dich in unserem riesigen Garten nicht noch einmal verläufst, werde ich hier an dieser Stelle auf dich warten.«

Pantherlinsen

Ich warte auch, nämlich darauf, dass Ona hinter dem Blumenbeet verschwindet. Dann drehe ich mich um … oder besser gesagt, ich versuche, mich umzudrehen. Doch Pustekuchen, ich kann es wollen so viel ich will, es gelingt mir einfach nicht. Meine Füße haben bereits wieder neue Wurzeln geschlagen.

»Was ist denn jetzt los, Madame Ludmille?«, zische ich.

Ich verstehe nicht, was das Theater soll. Ona will mich doch ohnehin erst morgen wiedersehen. Und bis dahin kann ich ja wohl gehen, wohin es mir passt.

Klar und deutlich platzt die Antwort mitten in meinen Schädel hinein.

Nein, das kannst du nicht!

Hallo! – »Und wieso nicht?«

Diesmal kommt keine Antwort, aber das ist auch gar nicht nötig. Um mich daran zu erinnern, was in meinem Lehrbuch über das Verhältnis zwischen Flaschengeist und seinem Herrn geschrieben steht, brauche ich meinen Grips nicht mal übermäßig zu strapazieren.

DER GEIST BLEIBE AUF EWIG AN SEIN GEFÄSS GEBUNDEN. ER SEI AN DEM PLATZ ZU HAUSE, AN DEM ES SICH BEFINDET, UND ER DIENE MIT ALL SEINER HINGABE UND AUF LEBENSZEIT JENEM MENSCHEN, DER IHN DARAUS BEFREIT HAT. OHNE SINN UND ZWECK ZU HINTERFRAGEN, HABE ER JEDEN WUNSCH SEINES HERRN ZU ERFÜLLEN. ER WEICHE IHM NUR VON DER SEITE, WENN DIESES SEINEM WOHLE DIENT, WACHE NACH MÖGLICHKEIT TAG UND NACHT ÜBER IHN UND ACHTE SORGSAM AUF SEIN GEFÄSS, DAMIT ES KEINEN SCHADEN NEHME.

Ich balle meine Hände zu Fäusten und bemühe mich redlich, keinen allzu lautstarken Wutanfall zu bekommen.

»Ich wollte dieses Glas nicht, Madame Ludmille!«, fauche ich. »Ich war noch gar nicht fertig mit meiner Ausbildung. In einigen Jahren hätte mir etwas ganz anderes zugestanden. Eine wunderschöne orientalische Karaffe oder eine venezianische Vase, aber niemals ein Gurkenglas! Ich habe keine Lust, darauf zu achten, dass es nicht zerbricht. Im Gegenteil: Meinetwegen kann es auf der Stelle in tausend Stücke zerschellen.«

ER SEI DER HÜTER DER WÜNSCHE. KEIN MENSCH WISSE BESSER ALS ER, WIE SEHR GERADE JENE WÜNSCHE, DIE IN

ERFÜLLUNG GEHEN, DAS LEBEN SEINES HERRN BEEINFLUSSEN. MÖGE ER ALSO BEDACHTSAM MIT IHNEN UMGEHEN.

»Vielen Dank!«, brumme ich. »So genau wollte ich mir das gar nicht ins Gedächtnis rufen.«

Schließlich kann ich mir wünschen, was ich will, es wird unter Garantie niemals in Erfüllung gehen. Also muss ich mir auch keine Gedanken um den Fortgang meines Lebens machen. Den wird ab jetzt ohnehin ausschließlich Ona Tupfenmädchen bestimmen. Der einzige kümmerliche Rest von Einfluss, der mir vielleicht noch bleibt, besteht darin, zu verhindern, dass sie jemals dahinterkommt.

Nachdem ich schon eine ganze Weile auf der Stelle, an der meine ahnungslose Herrin mich zurückgelassen hat, verharrt habe, bemerke ich, dass die Leute auf der Straße und in den gegenüberliegenden Gärten unverhohlen zu mir herüberglotzen. Einer alten grauhaarigen Frau mit verbiestertem Gesichtsausdruck winke ich freundlich zu, woraufhin sie sich sofort in ihr Haus zurückzieht und kurze Zeit später hinter der Gardine eines Fensters wieder auftaucht.

»Blöde Kuh, was willst du eigentlich?«, rufe ich hinüber.

»Na, hör mal! Wie redest du denn mit erwachsenen Leuten!«, ertönt eine tiefe Stimme hinter mir.

Ich sause herum. Und wundere mich darüber, dass mir das überhaupt gelingt. Denn eigentlich bin ich davon ausgegangen, dass ich bis zu der Verabredung, die Ona mir aufgezwungen hat, hier wie angewachsen verharren muss.

Vor mir steht ein Mann in einem hellen Anzug. Er trägt einen kleinen flachen Koffer und sieht ziemlich angespannt aus.

»Ich habe nicht mit ihr geredet, sondern über sie.«

»Ach so«, erwidert der Mann. »Na, das ist natürlich ein Unterschied.«

Ich mustere ihn von oben bis unten und überlege, ob in dem, was er gesagt hat, eine tiefere Bedeutung liegt.

»Reden Sie denn nie über Leute?«

Die Haltung des Mannes lockert sich ein wenig, eine Antwort bekomme ich allerdings nicht.

»Ich kann aber auch rübergehen und es ihr sagen«, schlage ich vor.

Doch zum Glück grinst der Mann nun sogar und meint: »Besser nicht.«

»Oh«, sage ich. »Sie kennen die Dame?«

»Ja, ich kenne sie«, entgegnet er noch immer lächelnd. Den nahezu unmerklichen Seufzer registriere ich trotzdem. »Dich habe ich allerdings noch nie gesehen. Bist du eine Freundin von Ona?«

»Oh, Sie kennen Ona ebenfalls!«, rufe ich.

Der Mann kommt aus dem Grinsen gar nicht mehr heraus.

»Natürlich. Sie ist meine Tochter. Ona Berlebitz. Hast du schon geklingelt?«

»Äh ... Wie bitte? ... Nein«, stottere ich mir zusammen. »Das ist nicht nötig. Ona hat keine Zeit mehr. Wir haben uns für morgen verabredet.«

»Ich will mich ja nicht einmischen, aber Ona hat immer Zeit«, entgegnet ihr Vater.

»Heute nicht«, sage ich schnell. »Heute muss sie noch Vokabeln lernen.«

»Tatsächlich?« Er beugt sich mir mit ernster Miene entgegen. »Soll ich dir mal was verraten?«

»Ja ...?«, antworte ich abwartend.

»Das ist eine Ausrede. Die benutzt Ona immer, wenn sie sich abseilen will«, erklärt ihr Vater. »Aber tröste dich. Das macht sie mit ihrer Mutter und mir genauso.«

Herzlichen Dank für die detaillierte Ausführung, der Herr! Eigentlich interessiert mich das nämlich nicht die Bohne. Ich kneife die Augen zusammen und sehe ihn trotzig an. Er erwidert meinen Blick eine Weile, dann räuspert er sich.

»Na ja, ich hab jetzt wirklich keine Zeit mehr«, sagt er und hebt seinen flachen Koffer etwas an. »In den nächsten Tagen kommt eine Menge Arbeit auf mich zu.«

Ich zucke mit den Schultern. »Kein Problem. Ich habe Sie schließlich nicht aufgehalten.«

Onas Vater lässt den Koffer wieder sinken. »Du bist ein seltsames Mädchen«, sagt er und stapft kopfschüttelnd davon. Bevor er die Straße überquert, dreht er sich noch einmal zu mir um. »Ich weiß wirklich nicht, ob ich begeistert sein soll, dass du mit meiner Tochter befreundet bist.«

Da haben wir was gemeinsam, denke ich und winke ihm zu.

Onas Vater schüttelt noch einmal den Kopf, dann wendet er sich ab und verschwindet in der nächsten Querstraße.

Die verbiesterte alte Frau hängt noch immer hinter ihrer Gardine. Ich strecke ihr die Zunge heraus. Normalerweise tun Flaschengeister das nicht. Ich habe aber gelernt, dass diese Geste den Menschen dazu dient, gegenüber anderen ihr Missfallen auszudrücken. Allerdings machen sie es fast immer nur dann, wenn ihnen das ungeliebte Gegenüber den Rücken zugewandt hat. Ich frage mich jedoch, was das überhaupt für einen Sinn haben soll.

Bis zum Einbruch der Dunkelheit halte ich mich in der Nähe der Einfahrt auf. Mittlerweile weiß ich, dass der Mann mit dem Zottelmonster in dieser Straße wohnt. Aus dem, was Ona gesagt hat, schließe ich, dass Zottelmonster Hunde sind.

Hunde sind natürlich keine Monster, sondern eine Art zahmgezüchtete Wölfe. Die Menschen haben wirklich seltsame Angewohnheiten. Na ja, ich ziehe hier jetzt mein Ding durch, und versuche, es so gut wie möglich zu machen. Hoffen wir mal, dass diese Ona nicht allzu strapaziöse Wünsche hat!

Seit meiner Begegnung mit ihrem Vater habe ich

erstaunlicherweise kein Problem mehr damit, mich um die eigene Achse zu drehen. Keine Ahnung, welche Gesetzmäßigkeit mir diese Freiheit verleiht. Geschmeidig wie eine Primaballerina kann ich mich um hundertachtzig Grad drehen und meinen Blick auf das Wohnhaus richten.

Es ist hell getüncht und hat zwei Stockwerke. Die Einfahrt ist mit groben Steinen gepflastert und mündet in einen flachen Anbau, den man durch ein großes Tor betreten kann. Rechts davon wächst ein Baum mit roten Blättern, das Blumenbeet steht in prachtvoller Sommerblüte und der Rasen und die Hecke auf der linken Seite leuchten auch jetzt in der Dämmerung noch immer in einem satten Grün. Ein paar der dunklen Sprossenfenster sind bereits hell erleuchtet. Es ist, als ob das Haus mit warmem Blick zu mir zurückschaut.

Ich seufze leise. Eigentlich gefällt es mir ganz gut hier. Wenn man mal davon absieht, dass ich tausendmal lieber von dem Jungen mit den Goldaugen befreit worden wäre …

Ich schüttele diesen Gedanken energisch von mir ab und setze meinen Fuß in die Einfahrt. Auch das funktioniert wie geschmiert. Na wunderbar! Offenbar kann ich mich völlig frei bewegen, solange ich mich auf diesem Grundstück befinde. Und so husche ich zwischen Beet und Hecke entlang und an Onas kleiner Terrasse vorbei, um mir den Rest des Gartens anzusehen.

Hinter dem Haus gibt es eine zweite, etwas größere Veranda, die mit einem Glasdach versehen ist. Darunter stehen ein paar riesige Blumentöpfe und dunkelbraune Korbmöbel, die mit gemütlichen bunten Kissen gepolstert sind.

An die Veranda schließt sich ebenfalls eine Rasenfläche an. Mitten darauf steht ein rechteckiger grüner Tisch, der durch ein schmales Netz in zwei gleich große Abschnitte unterteilt ist. Ha, wie ulkig! Ob Onas Familie hier so eine Art Esswettkampf veranstaltet? Oder haben sie etwa Angst, dass sie sich gegenseitig das Futter von den Tellern stibitzen könnten? Menschen sind wirklich merkwürdige Wesen. Für jemanden wie mich, der keine feste Nahrung braucht, ist so etwas wirklich kaum zu verstehen. – Oh, Moment mal. Wovon ernähre ich mich nun bloß? Pudding aus Federwolken, Sternenkekse oder Sonnenstrahlauflauf wird es hier unten wohl kaum geben.

Ein Anflug von Panik erfasst mein Herz.

»Madame Ludmille!«, rufe ich. »Du willst mich doch wohl hoffentlich nicht verhungern lassen!«

Ich habe es kaum ausgesprochen, da saust etwas Schwarzes vom Glasdach herunter und landet fast lautlos vor mir im Gras. Ich mache einen Satz rückwärts und starre voller Entsetzen auf das schwarze Etwas zu meinen Füßen. Zwei große grüne Augen funkeln mich mordlustig an. Sie gehören einem kleinen schwarzen Panther, dessen Fell in sämtliche Himmelsrichtungen absteht und der gerade zum Sprung auf mich ansetzt.

»Uaaah!«, kreische ich und presche davon.

Mit langen Schritten sause ich um die Hausecke, hechte über die Holzliege und springe mitten in Onas Zimmer hinein. Neben mir poltert etwas zu Boden und hinter mir rumst es fürchterlich.

»Hilfe!«, schreit Ona. Von jetzt auf gleich sitzt sie kerzengerade in ihrem Bett. Kurz darauf geht ihre Nachttischlampe an.

»Ein Panther… in eurem Garten«, stammele ich. »Er… er wollte mich fressen.«

»Wer ist denn da? – Mama?« Verwirrt blinzelt Ona mich an.

Mama? »Sag mal, hast du was an den Augen?«, pruste ich los und vergesse glatt, dass eben noch ein Raubtier hinter mir her war.

»Nein… äh… doch. Ich hab meine Kontaktlinsen nicht drin«, erwidert Ona.

Ich staune nicht schlecht. Dass Menschen Linsen brauchen, um mit jemandem Kontakt aufzunehmen, habe ich nun wirklich nicht gewusst. »Heißt das, du kannst ohne diese Linsen mit niemandem reden?«, frage ich fassungslos.

Jetzt ist Ona diejenige, die laut herauslacht. »Na, du bist ja vielleicht durchgeknallt, Ginie!«, ruft sie. »Ich rede doch mit dir.«

Und erkannt hat sie mich inzwischen offensichtlich auch.

»Ohne meine Kontaktlinsen sehe ich manches nur etwas verschwommen«, erklärt sie mir. »Dass du das nicht weißt«, setzt sie kopfschüttelnd hinzu. »Ich meine, das ist ja fast so, als ob du von einem anderen Stern kämst.« Sie schlägt die Decke zurück und mustert mich skeptisch. »Kann es vielleicht sein, dass ich träume? Ich meine, ein Panther in unserem Garten und du in meinem Zimmer …« Sie tippt sich an die Stirn und schlüpft wieder in ihr Bett zurück. »So einen Blödsinn kann sich nur ein krankes Gehirn ausdenken … Oder eines, das träumt.«

»Aber Ona, ich schwöre, da draußen war ein Panther!«, rufe ich. »Er ist vom Glasdach gesprungen und hinter mir hergerast«

»Ach, das macht Louie immer so«, erwidert Ona schlaftrunken, dann schnellt sie plötzlich wieder aus ihrem Kissen hoch und glotzt mich mit großen Augen an. »Ginie! Jetzt sag schon, dass ich bloß träume.«

»Nein«, entgegne ich. »Du bist wach, ich bin hier in deinem Zimmer und da draußen ist …« Ich drehe mich um und deute zur Terrassentür.

»Louie?«

»Äh …«, sage ich und weiche einen Schritt zurück. Denn tatsächlich sitzt dort draußen der kleine Panther und zwinkert mir zu.

»Könntest du bitte die Tür öffnen und ihn reinlassen?«, fordert Ona mich auf.

»Nein!« Entschlossen widerstehe ich dem seltsamen inneren Zwang, ihr zu gehorchen.

»Und wieso nicht?«, erwidert sie genervt. »Du wirst ja wohl wissen, wie sie aufgeht. Schließlich bist du auch irgendwie hier hereingekommen.«

Irgendwie, ja, aber eben ganz anders. Und ich bin äußerst dankbar, dass dieser Minipanther nicht über die gleichen Fähigkeiten verfügt wie ich.

»Verdammt noch mal, Ginie!«, brüllt Ona mich an. Sie hat ihre Bettdecke ein zweites Mal wütend zurückgeschlagen und sich neben mir aufgebaut. »Jetzt erklär mir endlich, wie du in mein Zimmer geraten bist! Die Terrassentür war schließlich verriegelt.«

»Du irrst dich«, sage ich nüchtern. »Ich bin nicht hierhergeraten, sondern hereinspaziert. Die Tür war nämlich nicht verriegelt.« Zumindest für einen Flaschengeist. »Bestimmt hast du das bloß vergessen«, fahre ich fort. »Genauso wie deine blöden Kontakterbsen.«

»Linsen«, korrigiert Ona mich und wirft stöhnend den Kopf in den Nacken.

»Ist doch egal«, entgegne ich. »Linsen, Erbsen oder Bohnen …«

»Ist es eben nicht. Außerdem habe ich sie nicht vergessen. Ich nehme sie über Nacht immer raus«, erklärt Ona mir, während sie einen großen Schritt über einen Bücherstapel hinweg auf die Terrassentür zu macht und sie einen Spalt breit aufzieht. Sofort schlüpft der Minipanther ins Zimmer, faucht mich an und landet mit einem langen Satz im Bett meiner ahnungslosen Gebieterin.

»Ach, Louie, das ist doch nur Ginie«, sagt Ona. Sie lässt sich neben ihn plumpsen, zerrt ihn in ihre Arme und drückt die Nase in sein schwarzes Fell. »Louie ist nämlich ein stinknormaler Hauskater«, belehrt sie mich.

»Pass lieber auf«, warne ich. »Sonst verpasst er dir noch einen Prankenhieb.«

»Och, wie gefährlich!«, spottet Ona. »Wo er doch so riesenhaft große Tatzen hat!« Sie setzt den Hauskater auf ihr Kopfkissen, woraufhin er sich sofort zusammenringelt und mich mit einem halb geöffneten Auge feindselig taxiert.

Ona sieht zu mir her und mustert mich plötzlich nicht weniger zornig als ihr dämlicher Hauskater. »Ich glaube ja eher, dass du gefährlich bist«, sagt sie leise. »Und ich möchte, dass du auf der Stelle von hier verschwindest.«

Den Wunsch erfülle ich ihr nur zu gerne und löse mich sofort und im wahrsten Sinne des Wortes in Luft auf. Erst in dem Moment, als ich frei schwebend über dem Verandadach wieder zu mir komme, wird mir klar, dass ich einen furchtbaren Fehler gemacht habe.

Flaschengeist in verfehlter Mission

Es hätte alles so wunderbar sein können! Wenn Ona mich gestern schon fortgewünscht hätte, wäre ich jetzt frei gewesen. Ich hätte an den Strand zurückgehen und auf den Jungen mit dem süßen Lächeln warten können. Niemand hätte mich vermisst. Weder Ona noch ihr seltsamer Vater und die verbiesterte alte Frau hinter der Gardine schon gar nicht.

Aber leider gibt es da diese blöde Verabredung, die ich auf jeden Fall einhalten muss. Ich werde mich jetzt also leider nicht an den Strand, sondern in die Einfahrt begeben und dort auf Ona warten.

Wenn ich es allerdings geschickt anstelle, kann ich sie vielleicht noch einmal richtig sauer machen, sodass sie mich ein für alle Mal zum Teufel wünscht. Zum Teufel? – Oje! Ich merke schon, ich werde mich tatsächlich sehr, sehr, sehr geschickt anstellen müssen, damit meine Mission *Ginie erfüllt sich ihren Superwunsch* nicht völlig den Bach hinuntergeht.

Die Zeit, bis Ona am nächsten Morgen das Haus verlässt, verbringe ich damit, mir hochgradig verrückte Geschichten für sie auszudenken. Doch dummerweise taucht nicht Ona als Erste in der Einfahrt auf, sondern ihre bescheuerten Freundinnen Pummi und Schlaksi.

»He, wer bist du denn?«, pampt Pummi, die Dicke mit den roten Haaren, mich auch gleich an.

»Dasselbe könnte ich dich fragen«, erwidere ich.

»Sehr witzig«, meint Schlaksi. Sie fährt sich mit ihren langen, dünnen Fingern durch die kurzen blonden Haare und grient mich von oben herab an. »Meinetwegen kannst du allerdings gerne auf Madame Obergeheimnisvoll machen. Spätestens wenn Ona auftaucht, wird sich die Sache sowieso klären.«

»Oder auch nicht«, sage ich und sehe die beiden Knalltüten herausfordernd an. »Ona kennt mich nämlich gar nicht.«

Pummi tippt sich an die Stirn. »Aber du sie, ja?«

»Na klar. Bin schließlich ihr Schutzengel.«

Für diese Behauptung könnte ich mich glatt selbst küssen. Und mit einem Mal finde ich es gar nicht mehr so schlecht, dass Onas Freundinnen vorbeigekommen sind. Verrückteres als diese Schutzengelgeschichte konnte mir nämlich gar nicht einfallen.

Die beiden Mädchen sind jedenfalls geplättet.

»Äh, und wieso können wir dich dann sehen?«, will Pummi wissen.

»Ist doch wohl klar«, entgegne ich schulterzuckend. »Weil ich nicht euer Schutzengel bin.«

»Jaaa, aber dann müssten wir ja eigentlich alle Schutzengel der Welt sehen«, kombiniert Schlaksi superschlau. »Außer unseren eigenen natürlich.«

»Wenn ihr einen habt«, antworte ich lapidar.

»Logisch«, meint Pummi. Dann stutzt sie. »Wieso sollten wir denn keinen haben?«

»Weil wahrscheinlich nicht jeder einen braucht, du Dösi«, tönt Schlaksi und rempelt ihre Freundin mit der Schulter an.

»Oder verdient«, sage ich und schaue in die Ferne.

»Was soll das denn heißen?«, ruft Pummi empört.

»Jetzt reg dich ab«, weist Schlaksi sie zurecht. »Es ist doch sowieso alles Käse, was die erzählt. Schutzengel gibt es nur im Film.«

Ach ja?

»Warte mal ab…«, fährt Schlaksi fort. »Sobald Ona aufkreuzt, wird sich herausstellen, dass sie unsere Lockenballerina sehr wohl kennt und dass die ihr schon seit Tagen tierisch auf den Geist geht…«

Ganz genau, denke ich und grinse in mich hinein. Und wenn sie erst mal kapiert hat, was ich ihren Freundinnen da gerade auf die Nase binden wollte, wird sie mich hoffentlich sonst wohin jagen. Dann hätte ich nämlich tatsächlich die freie Wahl.

»Bestimmt war es Ona einfach zu peinlich, uns von ihrem Schutzengel – pah! – zu erzählen und…«, echauffiert Schlaksi sich weiter. Doch dann kriegt sie einen Stupser verpasst.

»Schsch, sie kommt«, raunt Pummi.

Ich wende mich dem Haus zu und bemerke Ona auf den Stufen vor der Eingangstür. Hinter ihr steht eine schlanke Frau mit kurzen dunkelblonden Haaren. Sie trägt einen türkisbunten Blumenkimono und Hausschuhe, die wie kleine violette Zottelmonster aussehen.

»Tschüs, Mama«, höre ich Ona sagen.

»Viel Glück, mein Schatz«, erwidert die Frau und küsst Ona auf die Wange.

»Wobei?«, fragt sie erstaunt.

»Na, ihr schreibt doch einen Vokabeltest.«

»Ach so.« Ona lacht. »Das klappt schon. Ich hab optimal gepaukt. Die kann ich aus dem Effeff.« Sie stürzt die Stufen hinunter und flitzt auf Schlaksi und Pummi zu. Mich beachtet sie mit keiner Miene, und ich spiele mit dem Gedanken, sie in den Hintern zu kneifen. Da ich aber nicht einschätzen kann, ob dies zur Verwirklichung meines Selbsterfüllungswunsches beiträgt, lass ich es lieber.

»Sag mal …«, beginnt Pummi gedehnt, während sie mich nicht aus den Augen lässt. »Glaubst du eigentlich an Schutzengel?«

Ona hebt die Schultern. »Hab ich noch nie drüber nachgedacht«, meint sie. »Wäre schließlich schwer zu beweisen, oder?«

»Deswegen hat Billie ja auch gefragt, ob du an sie *glaubst*«, betont Schlaksi, die demnach also Alix sein muss.

»Und wenn schon«, erwidert Ona. »Was spielt das für eine Rolle?«

»Na ja …«, druckst Alix. »Wir haben nämlich vielleicht einen getroffen.«

Ona schüttelt unwillig den Kopf. »Ach ja? Und wann?«

»Gerade eben«, antwortet Billie und schaut nun zwischen ihr und mir hin und her. »Also, genau genommen steht er immer noch hier.«

»Hä?« Ona dreht sich nach allen Seiten um. Schließlich richtet sie ihre Augen genau auf mich und tut so, als ob sie durch mich hindurchsehen könnte. »Wo?«

Alix und Billie tauschen einen irritierten Blick.

»Ähm … er – oder besser gesagt sie – steht jetzt genau vor dir«, sagt Billie.

Ona runzelt die Stirn. »Echt?«

»Ja echt«, bekräftigt Alix.

Ein zartes Grinsen zupft an Onas Mundwinkeln. »Mein Schutzengel ist also eine Sie?«

»Ähm … ja«, bestätigt Alix. »Ein Mädchen. Ungefähr so alt wie wir, allerdings sieht sie ein bisschen affig aus.«

Wie darf ich denn das verstehen?

Im Gegensatz zu mir scheint Ona allerdings ziemlich genau zu wissen, wie ihre Freundin das meint.

»Ach tatsächlich?«, sagt sie und grinst nun ganz unverhohlen, während sie mich unverwandt ansieht.

»Ja, weißt du, sie hat diese altmodischen hellblonden Springlocken, wie die kleinen Kinder auf den Schwarzweißfotos im Album meiner Oma«, beginnt

Alix mit ihrer Beschreibung. »Und sie trägt so komische Glitzersachen.« Über ihr Gesicht legt sich ein Ausdruck von leichtem Ekel. »Ein T-Shirt mit Strasssteinchen und pinkfarbene Ballerinas mit aufgestickten Blümchen.«

»Wisst ihr, was ich glaube?«, meint Ona daraufhin.

Billie schüttelt den Kopf. »Nee.«

»Ihr wollt mich veräppeln.«

»Nein«, sagt Alix empört.

»Und wieso kann ich diesen Glitzerengel dann nicht sehen?«, fragt Ona.

»Weil es dein persönlicher Schutzengel ist«, erklärt Billie ihr.

»Hat sie euch das gesagt?«

Die beiden Mädchen nicken mit ernsten Mienen.

»Okay«, sagt Ona. »Wenn ich meinen Schutzengel nicht sehen kann, dann kann ich ihn garantiert auch nicht fühlen.«

Sie hat es kaum ausgesprochen, da schnellt ihre Hand bereits nach oben und saust auf mich zu. Im letzten Augenblick schaffe ich es, zurückzuspringen, sonst hätte ich mir nämlich eine klatschende Ohrfeige eingefangen.

Billie und Alix sehen sich stirnrunzelnd an.

Ich bemerke, wie Ona sich das Lachen verkneift. Sie wedelt noch ein bisschen vor mir in der Luft herum und sagt:

»Na, dann hör mal gut zu, du schnuckeliges kleines Schutzengelchen. Ich habe meine Mutter angeschwindelt. Ich beherrsche die Englischvokabeln nämlich keinesfalls aus dem Effeff, weil ich nämlich gar nicht gelernt habe.« Sie stockt und wirft ihren Freundinnen einen bedauernden Blick zu. »Es wäre allerdings gut, wenn ich trotzdem eine Zwei schaffen würde. Besser noch eine Zwei plus.«

Geschenkt, denke ich und erwidere standhaft ihren Blick.

»Ts«, macht Billie. »Ich glaube, du verwechselst da was. Schutzengel passen auf, dass einem nichts Schlimmes passiert. Für Wünsche sind Feen oder Flaschengeister zuständig.«

»Eben«, sagt Ona. »Wenn ich keine Zwei plus schreibe, dann passiert mir was ganz Schlimmes. Dann bekomme ich nämlich Hausarrest. Oder Kinoverbot.«

»Das ist in der Tat schlimm«, erwidert Alix. »Die Frage ist nur, ob dein Schutzengelchen das auch so sieht.«

»Wie auch immer«, meint Ona. »Hauptsache, er bleibt immer schön in meiner Nähe.«

Verflixt, verflachst, verflucht! Die Aktion ist ja wohl voll nach hinten losgegangen. Die Art und Weise allerdings, wie Ona mein Spiel mitgespielt und mich letztlich mit meinen eigenen Mitteln geschlagen hat, nötigt mir Respekt ab. Das Problem ist bloß, dass ich nun wieder ganz am Anfang stehe.

Ich soll ihr nicht mehr von der Seite weichen. Super!

Will sie das jetzt etwa bis an ihr Lebensende durchziehen? Na, vielleicht reicht es ja schon, wenn ich meine Sache einfach gut mache. Im Grunde ist Ona ja gar nicht so übel. Womöglich ist sie bereits zufrieden, wenn ich ein paar Dinge für sie erledigt habe. Bisher macht sie jedenfalls nicht den Eindruck, als ob sie nicht genug kriegen könnte.

Voller neuer Hoffnung trotte ich hinter meiner Herrin und ihren Freundinnen her und lande wenig später in einem großen beleuchteten Keller, der sich U-Bahn-Station nennt.

Der Abstieg nach unten und die rasante Fahrt mit dem Zug behagen mir überhaupt nicht. Ich brauche Tageslicht oder zumindest den schwachen Schein einer dünnen Mondsichel, um mich einigermaßen sicher zu fühlen.

Zum Glück ist das Schulgebäude, in dem Ona, Alix, Billie und nahezu tausend weitere junge Menschen unterrichtet werden, freundlich und hell. Der Klassenraum hat hellgelb gestrichene Wände, an denen einige anschauliche Poster und Tafeln hängen, und nach Westen hin erstreckt sich eine lange Fensterfront. Auf dem Sims stehen drei große grüne Blattpflanzen und zwei kleinere, an denen weiße Blüten wachsen. Genau dazwischen sitzt ein Junge, der ein wenig seltsam aussieht. Er hat große dunkle Augen, ein schmales Gesicht und fast genauso strubbelige rote Haare wie Romeo. Als er mich bemerkt, lächelt er und entblößt eine Reihe ungleich stehender Zähne.

Ich nicke ihm kurz zu, sehe dann aber schnell wieder weg und registriere, dass Ona, Alix und Billie in der hintersten Tischreihe Platz nehmen und ihre Bücher und Hefte herauskramen. Im Grunde sieht hier alles so aus wie in der Flaschengeistschule auch, mit dem Unterschied allerdings, dass die Möbel bei uns wesentlich hübscher sind. Und auch die Fächer kommen mir bekannt vor, denn vor einiger Zeit haben wir in Menschenkunde darüber gesprochen, in welchen Disziplinen die Kinder hier unterrichtet werden.

In der ersten Stunde steht Biologie auf dem Plan. Die verantwortliche Lehrerin ist klein und drahtig. Sie trägt Jeans, ein grünes T-Shirt und eine schmale schwarze Brille, die ausnehmend gut zu ihrem ebenso schwarzen Kraushaar passt.

Sie fordert einige Schüler, die noch in Gruppen zusammenstehen, auf, sich auf ihre Plätze zu setzen, der seltsame Junge auf der Fensterbank scheint sie allerdings gar nicht zu interessieren. Und dann fällt ihr Blick plötzlich auf mich. »Ich wusste gar nicht, dass wir eine neue Schülerin haben«, sagt sie verwundert. »Wie heißt du denn?«

»Ginie«, sage ich.

Billie und Alix starren mich an.

»Mann ey!«, platzt Billie heraus. »Der Wirsing kann ihn auch sehen!«

Augenblicklich erschallt der Klassenraum von lautem Gelächter wider. Nur dieser komische Junge sitzt ganz ruhig auf seinem Platz zwischen den weißen Blumen und verzieht keine Miene.

»Ruhe!«, brüllt die Lehrerin und schwingt energisch ihre Arme durch die Luft. Sie wartet, bis der letzte Gluckser verstummt ist, dann sagt sie: »Belinda, darf ich dich daran erinnern, dass wir seit zwei Wochen das Thema Sexualkunde behandeln und bereits ausführlich über die Unterschiede zwischen dem männlichen und dem weiblichen Geschlecht gesprochen haben?«

»Ähm … ja«, sagt Billie betreten. »Ich dachte ja bloß …«, setzt sie stockend hinzu, bricht jedoch sofort ab, als sie Alix' mahnenden Blick einfängt.

»Und einen Wirsing kann ich hier auch nirgends ausmachen«, setzt die Lehrerin hinzu. »Mal ganz abgesehen davon, dass Kohlgemüse keine Augen hat und somit auch nicht sehen kann.«

»Jaaa!«, stöhnt Billie. »Es tut mir leid, Frau Wirsick. Ich wollte ganz bestimmt niemanden beleidigen.«

»Das will ich hoffen«, meint die Lehrerin. Ihre Mundwinkel zucken. Offenbar kann sie sich nur mühsam das Lachen verkneifen. »Nun aber wieder zu dir, Ginie«, fährt sie fort. »Würdest du mir deinen vollständigen Namen nennen?«

»Aber das ist mein vollständiger Name«, sage ich erstaunt.

Frau Wirsick nickt. »Dein Vorname, ja. Ich möchte aber auch gerne deinen Nachnamen erfahren.«

»Äh…«, sage ich und sehe Hilfe suchend zu Ona hinüber.

»Aber sie ist doch ein Schutzengel!«, ruft Billie in die Klasse, woraufhin Alix ihr den Ellenbogen in die Seite stößt und Billie jaulend in sich zusammensackt.

Nun kann die Lehrerin das Lachen nicht mehr zurückhalten. »Wie bitte? Belinda!«, ruft sie. »Das ist wirklich eine schöne Geschichte!«

Billie schüttelt den Kopf. »Das ist keine Geschichte«, erwidert sie trotzig. »Ginie ist wirklich ein Schutzengel. Ich glaube, alle können sie sehen, bloß Ona nicht.« Sie reckt den Hals und sieht sich fragend unter ihren Klassenkameraden um.

»Dann ist sie also Onas Schutzengel«, stellt ein Junge aus der ersten Reihe fest.

»Genau«, sagt Billie.

»Nun gut«, sagt Frau Wirsick. »Dann schlage ich vor, dass Alix und Belinda einen Platz aufrücken und Ginie sich neben Ona setzt, damit sie die Stunde über gut auf sie aufpassen kann. Biologie und Sexualkunde im Besonderen vermitteln nämlich außerordentlich gefährliche Inhalte.«

Während Alix und Billie murrend einen Stuhl weiter nach links rutschen und hie und da ein unterdrücktes Kichern ertönt, steuere ich zögernd den frei gewordenen Platz zwischen Billie und Ona an.

»Aber das ist ja gruselig!«, ruft ein Junge mit kurzen blonden Haaren. Er schüttelt sich so heftig, dass ihm die runde Brille fast von der Nase fällt. »Wenn neben einem ein Geist sitzt!«

»Kein Problem«, meint Ona gelassen. »Ich komm schon klar damit.«

»Das nenne ich wirklich tapfer«, sagt Frau Wirsick und zwinkert ihr zu. »Aber nun wollen wir uns endlich wieder etwas fruchtbareren Themen zuwenden«, fährt sie fort und lässt ein Arbeitsblatt über die Odyssee der männlichen Samenzelle vom Hoden bis zur weiblichen Eizelle verteilen.

»So, du bist also ein Schutzengel«, sagt der seltsame Junge mit den roten Haaren zu mir.

Gleich nachdem Frau Wirsick den Raum verlassen hat, ist er von der Fensterbank gesprungen und hat sich direkt vor mich auf die Tischkante gehockt.

Ich bedenke ihn mit einem finsteren Blick – in der Hoffnung, dass er sich sofort wieder verzieht. Doch er grinst nur und mustert mich unbefangen. Der warme, klare Blick aus seinen dunklen Augen macht mich richtig nervös, und schon nach wenigen Sekunden weiß ich nicht mehr, wo ich hingucken soll.

»Ich heiße übrigens Josha«, sagt er freundlich.

Ich nicke kurz und widme mich dann der Tischplatte.

»Übrigens… wenn du vorhast, länger an dieser Schule zu bleiben, solltest du dir besser einen Nachnamen zulegen«, meint Josha. »Das ist in vielen Teilen der Erde so üblich. Du kannst froh sein, dass Frau

Wirsick dich nicht gleich nach der Stunde ins Sekretariat geschleppt hat.«

Ich winke ab. Im Augenblick habe ich nämlich ganz andere Sorgen. Wenn ich es richtig verstanden habe, beginnt in wenigen Minuten die Englischstunde, und mir ist alles andere als klar, wie ich es anstellen soll, dass Ona haargenau eine Zwei plus bekommt. Ich habe nämlich die Qual der Wahl zwischen dem Manipulationszauber, der nur in äußersten Notfällen angewendet werden darf, dem Ablenkungstrick, der allerdings ein wenig unzuverlässig ist, und der wunschgemäßen Richtigstellung, welche in diesem Fall eigentlich das Mittel der Wahl wäre. Das Problem besteht bloß darin, dass ich nicht weiß, wie viele Fehler Ona machen darf, um mit der gewünschten Zwei plus bewertet zu werden.

»Ach, bestimmt ist sie mir auch nicht böse, wenn sie eine Eins kriegt«, murmele ich vor mich hin.

»Garantiert nicht«, sagt Billie sofort. »Deshalb wäre es nicht schlecht, wenn du sie vor allzu schwierigen Vokabeln schützen würdest. Da hätten wir sogar alle was davon.«

»Super Idee!«, jubelt Alix.

»Finde ich gar nicht«, entgegnet Josha. Wieder richtet er den Blick genau auf mich. »Ehrlich gesagt, verstehe ich auch nicht so ganz, was ein Schutzengel mit der Note eines Vokabeltests zu tun hat.«

»Könnt ihr nicht mal ruhig sein«, mault Ona, die schon die ganze Zeit in ihr Englischbuch vertieft ist.

Billie öffnet den Mund, kommt allerdings nicht mehr dazu, meiner Herrin die Meinung zu sagen, da genau in diesem Moment ein Mann mit Halbglatze, hektisch geröteten Wangen und hervorstehenden Augen durch die Tür in den Klassenraum sprintet.

»Alle auf ihre Plätze!«, befiehlt er. »Bücher und Hefte schließen. Ich will pro Person nur einen Stift sehen oder …«

»… ich explodiere«, wispert Billie neben mir.

»… allerhöchstens noch einen Tintenkiller«, sprudelt der Englischlehrer unter Ausstoß einer breit gefächerten Speichelfontäne hervor. »Rasmus und Vivien verteilen die Aufgabenblätter. Aber bitte mit der Rückseite nach oben.«

Josha zwinkert mir noch einmal zu und huscht dann blitzschnell zwischen die Blumentöpfe auf der Fensterbank zurück. Ich wundere mich, dass sich niemand um ihn kümmert. Nicht einmal der zackige Englischlehrer ruft ihn zur Ordnung, aber offenbar hat der nur seinen dummen Vokabeltest im Kopf.

Der Junge aus der ersten Reihe und ein Mädchen mit kurzen Locken hechten nach vorn und nehmen die Zettel entgegen. Der Englischlehrer wartet, bis vor jedem Schüler ein Blatt liegt, dann brüllt er: »Ihr habt genau fünfzehn Minuten … Ab jetzt!«

Ich bemerke, wie er sich ein kleines rotes Ding zwischen die Lippen steckt. Nur einen Herzschlag später ertönt ein gellender Pfiff. Ich bin so erschrocken, dass ich fast vom Stuhl kippe.

»Nur keine Panik«, raunt Billie mir zu. »Die blöde Trillerpfeife kann Ona nichts anhaben. Es ist sogar gut, dass der Böller sie hat, sonst würde er eines schönen Tages vielleicht sogar tatsächlich explodieren.«

»Hm«, mache ich, drehe den Aufgabenzettel um und gehe die Wörterliste durch. Sprachen sind für mich absolut kein Problem. Selbst der augenscheinlich unbedeutendste Dialekt wird bei der Entstehung eines Flaschengeistes automatisch in seinem Gehirn gespeichert. Während Ona und Billie neben mir auf ihren Stiften herumnagen und noch nicht einen einzigen Begriff eingetragen haben, ist mein Blatt bereits vollständig ausgefüllt, und zwar ohne Zuhilfenahme eines Schreibgeräts.

»Der Böller ist echt gemein«, wispert Ona. »So viele Wendungen hat der noch nie verlangt.«

»Das kannst du laut sagen«, flüstert Billie zurück.

»Besser nicht«, zische ich.

»Du sollst nicht auf mich aufpassen, sondern auf sie«, knurrt Billie und deutet mit ihrem Füller in Richtung Ona.

»Ruhe bitte, Belinda, Ona!«, mahnt der Englischlehrer, der mit schnellen Schritten die Tische umrundet und damit für zusätzliche Nervosität sorgt.

»Ich hab auch was gesagt«, melde ich mich zu Wort.

Herr Böller stoppt unmittelbar vor mir und fixiert mich abschätzend.

»Wen haben wir denn da?«, fragt er, wartet meine

Antwort aber gar nicht ab, sondern senkt den Blick auf meinen Aufgabenzettel. »Wie ich sehe, bist du bereits fertig«, stellt er mit einem zufriedenen Grunzen fest, fischt mein Blatt vom Tisch und sieht es sich an. »Sehr gut«, sagt er und Stolz schwingt in seiner Stimme. »Vergiss nicht deinen Namen einzutragen«, fügt er hinzu und legt das Blatt fein säuberlich auf meinen Tisch zurück. »Dann bekommst du auf jeden Fall eine glatte Eins, wenn nicht gar eine Eins plus.«

Er richtet sich kerzengerade auf und ich beeile mich, Ginie Glaser in das Namenskästchen einzutragen.

»Oh, Ginie, natürlich«, höre ich Herrn Böller murmeln. »Sehr gut, mein Mädchen, wirklich sehr, sehr gut.«

Schwungvoll nimmt er das Testblatt wieder auf, trägt es nach vorn und legt es nun auf seinen Tisch. Leise vor sich hin brabbelnd lässt er die Spitze seines Kugelschreibers darüber wandern. Am Ende setzt er mit einer außerordentlich schwungvollen Armbewegung eine Notiz darunter und bekräftigt noch einmal: »Wirklich sehr, sehr gut. Eine Eins Doppelplus sozusagen … äh, Ginie.« Er nickt mir kurz zu und setzt dann seine hektischen Runden um die Tische fort, was für erneutes Seufzen und Stöhnen sorgt.

Kurz bevor die fünfzehn Minuten verstrichen sind, hastet Herr Böller wieder nach vorn. Er stellt sich mittig vor der Klasse auf, steckt seine komische Pfeife in den Mund und winkelt seinen Arm an – wahrscheinlich damit er das runde Ding, mit dem die Menschen die Zeit messen, im Blick hat.

Ich starre ihn gebannt an, registriere, wie er seine Backen langsam aufbläht und sause dennoch zu Tode erschrocken von meinem Stuhl hoch, als der Pfiff endlich ertönt.

»Sofort alle Zettel mit dem Rücken nach oben drehen!«, donnert sein Befehl durch den Raum. Dann fügt Herr Böller mit außerordentlich sanfter Stimme hinzu: »Es ist wirklich sehr nett von dir … äh, Ginie, dass du die Aufgabenblätter einsammeln möchtest.«

Ich werfe Ona einen schnellen Seitenblick zu, um mich zu vergewissern, dass sie keine Einwände hat, dann mache ich mich an die Arbeit.

Freundin wider Willen

»Super«, richtet Ona sich an mich, nachdem wir uns von Alix und Billie verabschiedet haben. »So schnell hat man den Ruf weg, eine Streberin zu sein.«

»Das ist ja wohl ganz allein meine Sache«, sage ich. Wir stehen mit vor der Brust verschränkten Armen nebeneinander in der Einfahrt von Onas Haus und blicken stur auf das Grundstück gegenüber.

»Nicht solange du dich als mein Schutzengel aufspielst«, erwidert sie.

»Ts«, mache ich. »Du hast das Spiel doch selber mitgespielt.«

»Ja!« Ona fährt zu mir herum. Ihre Augen funkeln vor Wut. »Ich hätte allerdings nicht gedacht, dass du einfach so kackfrech in meine Klasse spazierst. Du gehst doch garantiert ganz woanders zur Schule.«

»Nein«, erwidere ich. »Außerdem hast du selber gesagt, dass ich dir nicht von der Seite weichen soll.«

»Aha. Und du machst wohl immer, was andere dir sagen?«

»Nein.«

Ona presst die Arme noch fester gegen ihre Brust. »Bedeutet das etwa, dass du tatsächlich in meine Klasse gehst? So rein zufällig?«

»Nicht direkt zufällig«, versuche ich mich herauszuwinden.

»Aber richtig angemeldet bist du auch noch nicht?«, vergewissert sie sich.

»Stimmt.«

»Okay«, zischt sie mich an. »Es gibt noch jede Menge andere Schulen in dieser Stadt. Sag deinen Eltern einfach, sie sollen dich dort anmelden.«

»Ich habe keine Eltern«, sage ich.

Ona klappt ihren Mund zu. Wortlos starrt sie mich an. »Sind sie tot?«, presst sie schließlich hervor.

»So ähnlich«, sage ich.

Wie soll ich einem Menschenmädchen den Zustand von jemandem, den es nie gegeben hat, der nach ihren Vorstellungen aber existieren müsste, auch anders beschreiben? – Noch dazu, ohne zu lügen!

Doch zum Glück versteht Ona mich völlig falsch, denn mit einem Schlag verändert sich der Ausdruck in ihrem Gesicht. Anstatt noch zorniger dreinzuschauen, sind ihre Züge nun plötzlich freundlich und weich.

»Du meinst, sie sind für dich gestorben?«, sagt sie leise. »Weil sie irgendwas Schreckliches getan haben? Oder weil sie am anderen Ende der Welt ihren Geschäften nachgehen und sich nicht um dich kümmern?«

Ich denke an Madame Ludmille, das Gurkenglas und den Jungen vom Strand und schon fällt es mir überhaupt nicht mehr schwer, ein Bild des absoluten Jammers abzugeben. Ich lasse Arme und Schultern sinken und nicke mit hängendem Kopf den Pflastersteinen vor meinen Füßen zu.

»Oh, du Arme, du musst nicht drüber reden, wenn du nicht willst«, flüstert Ona an meinem Ohr und im nächsten Moment spüre ich ihre warmen Hände auf meinen Schultern. »Wo wohnst du denn überhaupt?«, erkundigt sie sich. »Oder bist du womöglich von zu Hause abgehauen?«

»Nein«, sage ich und richte meinen Kopf zaghaft wieder auf. »Jedenfalls nicht freiwillig.«

Fassungslos schüttelt Ona den Kopf. »Sie haben dich also weggeschickt?«

Ich sehe in ihre dunkelgrünen Augen und überlege, was ich sagen soll. Natürlich sind Notlügen erlaubt, doch leider weiß ich nicht so genau, wann jemand wie ich tatsächlich in einer Notlage steckt. Ob dies wohl schon eine ist?

Vorsichtshalber zucke ich nur mit den Schultern.

»So eine Gemeinheit!«, wettert Ona. Sie nimmt ihre Hände von meinen Schultern und ballt sie zu Fäusten. »Es gibt Eltern, die sollten verboten werden!«

»Es ist schon okay«, beeile ich mich zu sagen, damit sie sich nicht weiter unnötig aufregt. Nachher lässt sie mich vor lauter Mitgefühl überhaupt nicht mehr gehen.

»Dann sag doch endlich mal, wo du jetzt wohnst«, fordert sie mich auf.

»Ja, also ... äh ...«, fange ich an zu stottern. »Bei dir vielleicht?«

Das wäre zwar nicht unbedingt die tollste Lösung, aber zumindest eine ungemein praktische.

»Bei mir?« Ona stößt einen Schwall Luft aus. »Wie stellst du dir das vor?«

»Eigentlich ganz einfach.«

»Und wenn meine Eltern was merken?«

»Ach, ich kann mich ganz klein und unauffällig machen«, sage ich.

Ona verzieht den Mund zu einem Grinsen. »Das habe ich gemerkt.«

»Wenn ich wirklich will«, betone ich.

»Okay«, sagt Ona. Sie schürzt die Lippen und ihr Blick rückt ein wenig in die Ferne. »Mein Vater ist gerade nicht so das Problem«, beginnt sie mit ihren Überlegungen. »Der ist heute Morgen für zehn Tage nach London geflogen. Da findet irgend so ein komischer Mammutkongress statt, auf dem er ein paar Reden halten muss. Aber meine Mutter ...« Jetzt sieht sie mir wieder direkt in die Augen. »Ich hab das Gefühl, sie stöbert in meinem Zimmer herum, wenn ich in der Schule oder mit Billie und Alix unterwegs bin.«

»Ich bin doch auch in der Schule«, sage ich. »Und was Alix und Billie betrifft: Ich glaube, die mögen mich. Außerdem ist das Schutzengelspiel doch ganz lustig, findest du nicht?«

»Nein«, sagt Ona. »Zumindest nicht auf Dauer. Ich

stelle es mir jedenfalls sehr anstrengend vor, immer so zu tun, als ob ich dich nicht sehen kann, nicht mit dir reden darf und all das.«

»Lass es uns doch wenigstens versuchen«, bettele ich.

»Und was ist mit Louie?«, fragt Ona. »Der wohnt schließlich auch in meinem Zimmer.«

»Das geht schon klar«, sage ich tapfer. »Ich weiß ja inzwischen, dass er nicht wirklich gefährlich ist.«

Ona nickt. Am Glanz in ihren Augen erkenne ich, dass sie allmählich Gefallen an dieser Geschichte findet.

»Also gut«, meint sie. »Versuchen wir's. Für meine Mutter bist du einfach meine neue Lieblingsfreundin. Wir hängen wie die Kletten zusammen. Am Wochenende darfst du dann vielleicht sogar ganz offiziell bei uns übernachten. Tja, und dann hoffen wir mal, dass die Leute, bei denen du tatsächlich wohnst…« Sie bricht ab und setzt dann hastig hinzu: »Sag mal, vermissen die dich eigentlich nicht?«

»Nö«, sage ich.

»Ganz sicher nicht?«

»Wenn ich es doch sage!«

»Und wenn plötzlich die Polizei vor der Tür steht? Oder eine Vermisstenmeldung mit deinem Foto in den Fernsehnachrichten gesendet wird?«, wendet Ona ein.

»Das passiert nicht«, versichere ich ihr.

Ona mustert mich noch ein paar Sekunden nachdenklich, dann sagt sie: »Du bist wirklich ein komisches Mädchen, Ginie, aber ich glaube, du bringst mir Glück.«

»Was? Ich?«

»Ja, du.«

Ich stemme in gespielter Empörung die Hände in meine Taille. »Darf ich dich daran erinnern, dass du mich eben noch loswerden wolltest?«

»Ach, das liegt doch nur daran, dass …« Ona bricht ab und beißt sich auf die Unterlippe.

»Nur keine Hemmungen«, ermuntere ich sie.

Sie linst mich durch ihre überlange Ponysträhne unschlüssig an. »Na ja … eben, dass du schon ein bisschen seltsam bist«, druckst sie ihren angefangenen Satz zu Ende. »Ich meine, du hängst an mir wie Tapetenkleister, erfindest diese Schutzengelgeschichte, hältst eine stinknormale Hauskatze für einen Panther, springst durch geschlossene Türen …«, beginnt sie aufzuzählen.

»Das tue ich nicht«, widerspreche ich sofort, denn hier handelt es sich mit hundertprozentiger Sicherheit um eine Notlage, die eine Notlüge zwingend erforderlich macht. »Die Tür war bloß angelehnt. Ich war selber ganz überrascht, dass sie sich so leicht öffnen ließ. Ähem … hast du eigentlich lange nach deinen Kontakthülsen suchen müssen?«

»Linsen«, verbessert sie mich und erzählt: »Na ja, normalerweise bewahre ich sie in einer Reinigungsdose auf. Aber gestern Abend habe ich wohl vergessen, sie da rein zu tun. Meine Mutter hat sie auf dem

Waschbeckenrand im Badezimmer gefunden und einen ziemlichen Aufstand deswegen gemacht.«

»Oh«, sage ich. »Das tut mir leid.«

»Mir auch«, sagt Ona. »Sie hat das nämlich mal wieder zum Anlass genommen, mich zum Aufräumen zu verdonnern. Damit darf ich mir heute den Nachmittag versüßen.«

»Ich helf dir natürlich«, biete ich ihr an.

»Das ist wirklich nett«, meint Ona seufzend. »Noch lieber wäre es mir allerdings, wenn das alles schon passiert wäre. Aber das ist natürlich nur ein frommer Wunsch.«

Nicht für mich!

»Och, der mit der guten Note im Vokabeltest ist doch auch wahr geworden«, kann ich mir nicht verkneifen zu erwähnen.

»Jaa«, sagt Ona und kratzt sich an der Nase. »Das ist echt merkwürdig. Ich war mir nämlich ganz sicher, dass ich mindestens die Hälfte falsch hatte.«

»Wahrscheinlich ein Blackout«, erwidere ich.

»Ts!« Jetzt tippt sie sich an die Stirn. »Bei einem Blackout hätte ich gar nichts gewusst.«

»Dann hattest du ihn eben hinterher«, sage ich. »Nachdem du das Blatt bereits abgegeben hattest.«

»Na, wie auch immer«, meint Ona abwinkend. »Ich hätte den Böller jedenfalls küssen können.«

»Weil er den Test noch in der Stunde durchgesehen hat?«

»Ach, das macht der immer so«, erklärt Ona mir.

»Wir bekommen eine Aufgabe aus dem Buch und er korrigiert unterdessen unsere Blätter.« Sie lächelt mich verschmitzt an. »Na ja, eigentlich könnte ich auch dich küssen«, sagt sie.

»Wieso denn das?«, rufe ich und weiche sicherheitshalber einen Schritt zurück.

»Ganz einfach«, sagt Ona und nun schaut sie wieder ungemein ernst aus. »Weil ich irgendwie das verdammte Gefühl nicht loswerde, dass all das mit dir zu tun hat.«

Zehn Minuten später hocke ich im Schneidersitz auf dem Bett in Onas picobello aufgeräumten Zimmer. Einen halben Meter von meinen Zehenspitzen entfernt hat sich Louie hingelegt. Sein schwarzer Kopf ruht auf seiner Schwanzspitze, die sich zornig auf und ab bewegt. Er hat die Augen nur halb geschlossen und hält mich mit seinem grünen Blick gefangen.

»Jetzt stell dich nicht so an«, sage ich zu ihm. »Immerhin habe ich dich reingelassen. Und ich hab auch nicht wirklich was gegen dich«, füge ich mit möglichst sanfter Stimme hinzu. »Wenn man mal davon absieht, dass du mir nicht ganz geheuer bist.«

Louie zwinkert ein wenig und die Schwanzspitze peitscht noch heftiger auf und ab.

»Es hängt ganz allein von dir ab, wann du mich wieder los bist«, erkläre ich ihm. »Ich hab mich wirklich nicht aufgedrängt. Ehrlich, Louie, ich bin nur mit Ona befreundet, weil ich muss, nicht, weil ich es wirklich will. Wenn es nach mir ginge, wäre ich hier schneller wieder weg, als du vom Bett herunterspringen kannst.«

Der Kater dreht seine Ohren in meine Richtung. Er scheint mir also wenigstens zuzuhören. Um ihm zu zeigen, dass ich rein prinzipiell Vertrauen zu ihm habe, lehne ich den Kopf gegen die Wand und schließe meine Augen.

Sofort taucht der helle Sand des Strandes vor mir auf und der hübsche Junge mit dem süßen Lächeln. Und auf einmal habe ich eine Idee.

Was spricht eigentlich dagegen, dass ich ihn kennenlerne? Solange ich die Wünsche meiner Gebieterin zuverlässig erfülle, werde ich ansonsten doch wohl tun und lassen können, was ich will. Okay, Ona möchte, dass ich immer in ihrer Nähe bin. Ich werde sie also dazu überreden müssen, mich an den Strand zu begleiten. Und zwar gleich heute Nachmittag.

Oh Mann, wenn ich nur daran denke, wird mir ganz kribbelig zumute. Nun, da ich nicht mehr in meinem Gurkenglas hocke, wird der Junge mich ja ebenfalls endlich richtig sehen können. Und wer weiß, vielleicht gefalle ich ihm auch!

Das Verrückte ist: Während ich jetzt in diesem Moment kaum noch genau weiß, wie Onas Nase geformt ist, erinnere ich mich an jedes noch so winzige Detail im Gesicht dieses Jungen. Ich würde schwören, dass seine Augen von insgesamt dreihundertsechsundfünfzig Wimpern umrahmt sind und könnte mit einem Farbkasten den exakten Rotton seiner Lippen nachmischen. Und ich wünsche mir nichts sehnlicher, als dass ihn mein Anblick ebenso umhaut.

»Aaahhh!«, reißt Onas Schrei mich aus meinen Träumen.

Eine Sekunde später spüre ich Louies Krallen in meinem Oberschenkel.

»Aaahhh!«, schreie ich und schlage mit beiden Händen nach dem warmen Pelz auf meinem Schoß.

Louie faucht wie ein Panther und hechtet fluchtartig auf die Terrassentür zu.

»Was ist denn hier passiert?«, brüllt Ona mich an.

»Äh… mir war langweilig«, sage ich. »Und da habe ich schon mal ein bisschen aufgeräumt.«

»Ein bisschen?«, kreischt Ona so laut, dass mir die Ohren klingen.

»Schlimm?«, frage ich.

»Nein, aber…« Sie verdreht die Augen und sinkt zu Boden.

»Ona!«, rufe ich erschrocken, springe vom Bett und stürze zu ihr hin.

»Alles in Ordnung«, seufzt sie und sieht mich mit glänzenden Augen an. »Aber es ist schön zu wissen, dass du so besorgt um mich bist.«

Ich und besorgt?

»Äh… Und warum bist du zusammengebrochen, wenn eigentlich alles in Ordnung ist?«

»Weil du mich umhaust«, sagt Ona.

Sie stützt sich auf meiner Schulter ab, rappelt sich auf die Füße und strahlt mich hingebungsvoll an.

»Ich?«, rufe ich empört. »Aber das war ich nicht!«

»Ginie«, sagt Ona. »Jetzt beruhige dich mal, ja? Natürlich hast nicht *du* mich umgehauen, sondern die Tatsache, dass du...«, sie wirft einen Blick auf ihren Zeitmesser, »... gerade mal eine halbe Stunde gebraucht hast, um mein Zimmer so aufzuräumen«, fährt sie fort und macht eine ausholende Geste über die gesamte Einrichtung, in der nun alles an seinem Platz ist. »Woher hast du überhaupt gewusst, wo du den ganzen Kram lassen musst?«

»Ach, das war nicht besonders schwer«, sage ich. »Sogar mir ist klar, dass eine Unterhose nicht in die Schreibtischschublade und der Papierkram nicht in den Kleiderschrank gehört.«

»Ja, gut«, ereifert sich Ona. Sie rennt zu ihrem Schreibtisch und ergreift die kleine gelbe Plastikfigur, die neben ihrem Stifte-Utensilo steht, und hält sie mir unter die Nase. »Dieser Woodstock hätte genauso gut auch ins Regal, auf den Nachttisch oder in eine Krimskramskiste passen können.«

»Stimmt«, gebe ich zu. »Dann hab ich in diesem Fall wohl einfach richtig geraten.«

»Trotzdem«, sagt Ona und schüttelt den Kopf. »Um dieses ganze Chaos zu beseitigen, hätte ich bis heute Abend gebraucht. Mindestens.«

»Klar«, sage ich, »weil du keine Lust dazu hast. Mir dagegen hat es einen Riesenspaß gemacht...«

Ona spaziert auf ihren Kleiderschrank zu und öffnet die Türen. »Und deshalb hast du auch gleich noch meine ganzen Klamotten zusammengefaltet!«, stößt sie fassungslos hervor.

»Ach, das ist doch überhaupt kein Ding gewesen«, entgegne ich. »So was erledige ich mit links.«

»Das glaub ich dir blind«, sagt Ona. Sie zieht eine weiße, mit hellblauen Ranken bestickte Bluse hervor, und lässt dabei gleich drei T-Shirts zu Boden segeln. »Mann, du hast ja keine Ahnung, seit wann ich die schon suche!«

»Ich kann es mir ungefähr vorstellen«, erwidere ich.

Ona schenkt mir ein Grinsen, dann streift sie sich ihr Ringelshirt über den Kopf, pfeffert es in den Plüschsessel und schlüpft in die Bluse.

»Passt noch«, stellt sie fest und dreht sich einmal um sich selbst. »Noch lieber hätte ich allerdings eine von denen, die es neu bei Pimkie gibt«, eröffnet sie mir, während sie die Bluse in der Taille zusammenfasst. »Die sind hier an der Seite gerafft und haben so bauschige Ärmel. Am schönsten finde ich die Gelbe, aber die Orangefarbene ist auch nicht schlecht.« Seufzend lässt sie ihren Blick über den vollgepfropften Schrank gleiten. »Ich könnte sowieso mal wieder neue Sachen gebrauchen. Eine Jeans, ein paar Sommertops, einen Bikini …«

»Dann müsstest du dich allerdings von einigen alten Klamotten trennen«, sage ich.

Noch mehr Zeug kriege nämlich selbst ich nicht in den Schrank gequetscht.

»Kein Thema«, meint Ona und zerrt nun ein Teil nach dem anderen heraus und lässt es zu Boden fallen. »Das kann Mama alles in die Altkleidersammlung geben.«

»Äh…«, sage ich und deute auf den Klamottenstapel. »Wenn du so weitermachst, sieht dein Zimmer in ein paar Minuten wieder genauso aus wie vorhin.«

»Tut mir leid!«, ruft Ona. »Aber das passiert mir einfach immer so!« Sie rafft die Sachen zusammen und versucht, sie wieder in den Schrank zurückzustopfen. »Verdammt!«, meckert sie. »Eben hat es doch alles noch gepasst.«

Eben lagen ja auch die neue Jeans, der Bikini, der Haufen Sommertops und die gelbe Pimkiebluse noch nicht darin.

»Oh!«, ruft Ona. Und noch mal: »Oh!« Dann wirbelt sie herum und fliegt mir um den Hals. »Ich hab's doch gewusst! Ich hab's doch gewusst!«, jubiliert sie. »Dich hat der Himmel geschickt!«

Ganz im Vertrauen

Es dauert eine Weile, bis ich mich von meinem Schreck erholt habe. Doch dann kapiere ich allmählich, dass Ona es gar nicht so gemeint hat. Nie im Leben käme sie darauf, dass ich tatsächlich diejenige bin, die ihre Wünsche erfüllt. Für sie geistern Wesen wie ich allenfalls durch die Bücher in ihrem Regal.

»Ich wette, meine Mutter hat die Klamotten heimlich in den Schrank gelegt«, erklärt sie mir. »Bestimmt wollte sie testen, ob ich es merke.« Sie verdreht die Augen. »Wenn du nicht alles so schön geordnet hättest, wären sie mir garantiert nie aufgefallen.«

Ich zucke seufzend mit den Schultern.

»Du bist mein Talisman«, sagt sie lächelnd. »Mein Glücksbringer. Vielleicht verdiene ich das alles auch nur, weil ich dich bei mir wohnen lasse.« Sie fasst sich an die Stirn und schreit auf: »Meine Güte, was bin ich nur für ein Hornochse! Ich habe völlig vergessen, dir etwas zu essen mitzubringen. Du musst ja schon halb verhungert sein!«

»Kein Problem«, sage ich und überlege fieberhaft,

wie ich mich jetzt wieder rausrede. »Äh… Ich faste ab und zu ganz gerne«, behaupte ich schließlich.

»Aber das ist in unserem Alter total ungesund«, wendet Ona ein. »Nein. Nein.« Sie schüttelt energisch den Kopf. »Ich schau noch mal in der Küche nach, ob ich nicht doch noch schnell etwas für dich stibitzen kann.«

»Ach, Quatsch«, erwidere ich. »Ich brauche wirklich nichts.«

Zumindest nichts aus der Menschenküche. Allerdings komme ich inzwischen auch erstaunlich gut ohne Federwolken, Sternenkekse oder Sonnenstrahlauflauf aus.

Doch Ona lässt sich nicht aufhalten. Sie hat bereits ihre Zimmertür geöffnet und lauscht nun in den Flur hinaus. »Kein Geschirrgeklapper mehr«, raunt sie mir zu. »Vielleicht haben wir Glück und Mam ist bereits mit anderen Dingen beschäftigt.«

»Okay, okay«, sage ich. »Aber höchstens einen Apfel. Mehr kriege ich im Augenblick sowieso nicht runter.«

Vor allem könnte ich den weitaus problemloser entsorgen als beispielsweise eine Portion Bratkartoffeln und Rührei mit dazugehörigem Besteck und Geschirr.

»Und was möchtest du trinken?«, fragt Ona, als sie schon halb aus dem Zimmer geschlüpft ist.

»Ein Apfel enthält doch wohl mehr als genug Flüssigkeit«, zische ich ihr zu, heilfroh darüber, dass ich in Speisenkunde so gut aufgepasst habe.

»Du bist wirklich total plemplem«, sagt Ona und zieht die Tür leise hinter sich zu.

»Miiiauuu!«, macht Louie.

Er hockt neben der Terrassentür und stiert mich vorwurfsvoll an.

»Ach, du willst raus«, sage ich und grinse ihn an. »Zu blöd aber auch, dass ich nicht dein persönlicher Wunschgeist bin, was?«

Ich erbarme mich trotzdem und öffne ihm die Tür. Er faucht mich noch einmal böse an und verschwindet dann hastig unter den tief hängenden Zweigen eines rot blühenden Strauchs.

Es dauert nicht lange, bis Ona zurückkehrt, und natürlich hat sie mehr als nur einen Apfel dabei.

»Die Reste vom Mittagessen hat meine Mutter bereits im Kühlschrank verstaut«, meint sie entschuldigend, während sie drei Äpfel, eine Banane, eine Flasche Orangensaft und eine Keksschachtel auf ihrem Schreibtisch platziert.

»Danke«, sage ich. »Und was machen wir jetzt?«

»Na, erst mal wirst du gefälligst etwas essen«, meint Ona.

»Ich würde aber viel lieber zum Strand gehen«, widerspreche ich.

Ona lässt sich in ihren Plüschsessel plumpsen und sieht mich nachdenklich an.

»Die Essenssachen können wir ja mitnehmen«, beeile ich mich vorzuschlagen.

»Darum geht es gar nicht«, sagt sie und schaut auf einmal ziemlich geknickt aus.

»Sondern?«, taste ich mich vor.

Sie sieht mich kurz an und widmet sich dann einem kleinen Loch in ihrer Jeans.

»Ich möchte nicht zum Strand«, sagt sie schließlich.

Aber ich!, brüllt es in mir.

»Warum nicht?«, rufe ich aufgebracht.

Erschrocken blickt sie mich an. »Das ist ja wohl meine Sache.«

Ja klar. Natürlich. Ich würde es nur gerne verstehen. Vielleicht könnte ich sie dann doch noch überreden. Aber leider habe ich mich nicht unter Kontrolle.

»Ich möchte aber gerne!«, platzt es aus mir heraus.

»Das kannst du ja auch«, erwidert Ona.

»Du meinst, ich darf auch alleine …?«

»Klar. Wieso denn nicht?« Ona schüttelt unwillig den Kopf. »Du bist ein freier Mensch. Du kannst gehen, wohin du willst.«

Ungläubig starre ich sie an. Wie sehr habe ich diesen Moment herbeigesehnt und jetzt kann ich mein Glück kaum fassen.

»Du bist also ganz bestimmt nicht böse, wenn ich jetzt verschwinde?«, frage ich und deute auf die Terrassentür.

»Nö.« Ona grinst. »Aber spätestens heute Abend um sieben bist du wieder hier. Ist das klar?«

Ich halte die Luft an, weil mir sonst auf der Stelle ein Freudenschrei entweichen würde. Immerhin habe ich den Nachmittag zur freien Verfügung. Das ist schließlich mehr als ich erwartet habe, und ich täte gut daran, mir diese Chance nicht zu vermasseln.

Und so mache ich ein paar schnelle Schritte auf die Tür zu. »Bis später!«, höre ich mich zwitschern, dann stehe ich bereits draußen.

»Ginie«, sagt Ona und berührt mich an der Schulter.

Ich wirbele herum. »Was ist denn noch?«, fahre ich sie an.

»Bist du jetzt sauer?«, krächzt sie.

»Quatsch! Wieso?«

»Natürlich bist du's«, erwidert sie. »Wäre ich an deiner Stelle ja auch. Aber du musst mir glauben, es ist nicht so, dass ich dir nicht vertraue«, sprudelt es auf einmal wie ein Wasserfall aus ihr hervor. »Die ganze Sache ist eher unangenehm. Peinlich, wenn du verstehst, was ich meine.«

»Nee«, sage ich ungeduldig.

Ona senkt den Kopf und stiert auf ihre Füße. Schließlich holt sie geräuschvoll Luft und richtet den Blick genau in meine Augen.

»Darf ich dich was fragen?«

»Klar doch.« Hauptsache, es geht schnell.

»Und du lachst mich auch ganz bestimmt nicht aus?«

»Nein!«

»Also gut«, druckst sie und ihr Blick gleitet runter auf meinen Hals. »Bist du schon mal verliebt gewesen?«

Ich zucke mit den Schultern. »Ja … glaub schon.«

»Ich meine, so richtig«, fährt Ona fort. »So, dass du an nichts anderes mehr denken kannst als immer nur an ihn und dass dir alles andere egal ist?«

»Ja«, sage ich, und bemühe mich, mir nicht anmerken zu lassen, dass sie mir gerade aus der Seele spricht. Der Junge mit dem süßen Lächeln soll nämlich mein Geheimnis bleiben. Ihn und das, was ich für ihn empfinde, möchte ich mit niemandem teilen.

»Gut«, sagt Ona und plötzlich lächelt sie mich offen an. »Dann gehe ich mit dir zum Strand. Ich muss dir nämlich was erzählen. Und vielleicht kann ich ihn dir sogar zeigen.«

»Er heißt Luca«, erzählt Ona mir, als sie wenig später von ihrem Fahrrad steigt.

»Wer?«, frage ich, löse meine Beine, die ich der Bequemlichkeit halber im Lotussitz untergeschlagen hatte, und springe vom Gepäckträger.

»Äh …« Irritiert deutet Ona auf meine Füße. »Wieso …?«

»Ich hatte keine Lust, sie herabbaumeln zu lassen«, antworte ich, ehe sie ihre Frage ausgesprochen hat. »Das finde ich schrecklich anstrengend.«

»Hm«, macht Ona. »Also, ich stelle es mir viel anstrengender vor …«

»Wolltest du mir nicht von Luca erzählen?«, unterbreche ich sie, denn ich habe wirklich keine Lust, mich über Sitzpositionen zu unterhalten.

»Ja, schon.« Ona lächelt ein wenig verkrampft und ihre Wangen glühen zartrosa auf. »Du musst mir aber etwas versprechen«, sagt sie eindringlich.

»Alles«, sage ich, ohne auch nur annähernd so rot zu werden wie sie.

»Du darfst mich nicht auslachen.«

»Wegen Luca?« – Wieso sollte ich?

Ona nickt. »Alix und Billie kapieren einfach nicht, wie wichtig mir das ist. Ständig machen sie blöde Andeutungen, kichern rum und so«, sagt sie und nimmt den kleinen Henkelkorb vom Lenker, in dem sie den Orangensaft, die Äpfel, die Banane und die Keksschachtel verstaut hat. »Kannst du dir vielleicht denken.«

Allerdings.

»Und wer ist jetzt dieser Luca?«, erkundige ich mich.

Ona drückt den Henkelkorb an ihre Brust. »Der süßeste Junge der Welt«, haucht sie.

Das kann gar nicht sein. Der süßeste Junge der Welt ist der mit dem Lächeln, der, den ich am Strand gesehen habe und den eigentlich auch Ona … Oh nein! Wie konnte ich nur so himmelschreiend dusselig sein!

»V-vielleicht sollten wir besser wieder umkehren«, stottere ich.

»Warum denn das auf einmal?«, fragt Ona.

Ich zaubere eine jämmerliche Miene in mein Gesicht und presse ein gequältes »Mir ist schlecht« hervor.

Ona mustert mich besorgt. »Du hättest vorhin doch schon etwas essen sollen.«

»Nein, ich habe keinen Hunger«, entgegne ich, nehme ihr den Korb aus der Hand und hänge ihn über den Lenker zurück. »Ich möchte jetzt nach Hause.«

»Ich aber nicht«, erwidert Ona trotzig. »Außerdem siehst du gar nicht so aus, als ob dir schlecht wäre.«

»Das ist immer so bei mir«, versuche ich ihr weiszumachen. »Man sieht es mir nicht an.«

»Ach, Ginie, Mensch. Ich möchte ihn dir doch nur ganz kurz zeigen«, bettelt sie. »Vielleicht hast du eine Idee, wie ich ihn kennenlernen könnte.«

Aber du kennst ihn doch schon, liegt es mir auf der Zunge zu sagen. In buchstäblich letzter Sekunde verwandle ich es in einen lang gezogenen, tiefen Seufzer, dem ich »Aber ich habe doch überhaupt keine Ahnung von Jungs« hinzufüge.

»Ich glaube, das ist egal«, meint Ona und zwinkert mir vielsagend zu. »... Glücksbringerin.«

Ich seufze noch einmal, denn ich weiß, dass es sinnlos ist, mich noch länger gegen ihren Wunsch zu sträuben.

»Den Fresskorb lassen wir aber hier«, mache ich zur Bedingung.

»Spinnst du!«, erwidert Ona. »Der wird garantiert geklaut!«

Umso besser! Dann wäre ich wenigstens dieses Problem schon mal los.

»Entweder oder«, beharre ich und Ona willigt murrend ein. »Aber wenn er weg ist, musst du ihn ersetzen«, fügt sie hinzu. »Er gehört nämlich meiner Mutter.«

»Aye, aye, Mylady«, sage ich und folge ihr zögernd den schmalen ausgetretenen Weg zum Steinwall hinunter. Dahinter liegen der nahezu wolkenlose tiefblaue Himmel, das Meer, der Horizont und der kilometerlange Sandstrand.

»Oh, mein Gott, er ist da«, stößt Ona hervor. »Siehst du, dahinten steht er.«

Mein Blick folgt ihrem ausgestreckten Finger und ich sehe ihn circa zweihundert Meter von uns entfernt auf dem Steinwall herumklettern. Er ist winzig klein und trotzdem erkenne ich ihn sofort. Augenblicklich schnellt mein Puls in die Höhe.

»Bist du sicher?«, frage ich mit bebender Stimme.

»Ginie, ich würde ihn unter Millionen erkennen«, entgegnet Ona fast ein wenig empört. »Ich bin sicher, ich würde ihn sogar entdecken, wenn er auf dem Mond herumspaziert.«

»Du übertreibst«, sage ich nüchtern.

»Und du weißt offenbar doch nicht, wie es sich anfühlt, wenn man so richtig und aus vollem Herzen verliebt ist«, erwidert sie vorwurfsvoll.

»Dann sollten wir jetzt wieder zurückgehen«, sage ich. »Wenn ich dir sowieso nicht helfen kann.«

»Kommt überhaupt nicht infrage«, protestiert sie, hakt sich bei mir unter und zieht mich energisch weiter. »Du musst ihn dir auf jeden Fall anschauen. Und du musst ernst bleiben, darfst keine dummen Sprüche machen und vor allem nicht blöd rumkichern.«

Ja, ja, ja. Die Programmierung *Flaschengeist Ginie erfüllt Kennenlernwunsch von Ona* läuft bereits auf vollen Touren. Ich habe doch längst kapiert, was sie will!

Nachdem wir den Steinwall bezwungen haben und an den Strand hinuntergeklettert sind, zieht Ona sich ihre Sandalen aus und läuft barfuß weiter.

Ich werfe einen Blick auf meine Glitzerballerinas und beschließe, sie anzubehalten. Vielleicht gefallen sie Luca ja.

Luca, Luca, Luca ... denke ich sehnsüchtig. Ich finde, es ist ein sehr hübscher Name, der wunderbar zu diesem Jungen mit dem süßen Lächeln passt.

»Warum ziehst du deine Schuhe nicht aus?«, fragt Ona. »Es fühlt sich echt toll an, durch den warmen weichen Sand zu laufen.«

Ich schüttele den Kopf und fixiere den Jungen auf dem Steinwall, der uns einen flüchtigen Blick zugeworfen hat, nun allerdings so tut, als ob er uns nicht gesehen hätte. »Nö, keine Lust«, sage ich und blicke auf ihre nackten Füße hinab.

Ich bemerke, wie der Sand aufgewirbelt wird und zwischen ihren Zehen hervorquillt. Und ich bemerke natürlich auch, dass sie ihre Fußnägel pinkfarben angemalt hat. Es sieht sehr hübsch aus. Plötzlich verlangsamt sie ihren Schritt und krallt sich an meinem Arm fest. »Wir sind gleich da.«

Ach nee!

»Und jetzt?«, wispere ich, während ich mich aus ihrem Griff befreie.

»Jetzt soll er mich bemerken.«

Alles klar!

Luca dreht sich um, vertritt sich und stürzt fast von den Steinen herunter.

»Oh!«, ruft Ona. »D-das wollte ich nicht!«

Luca läuft knallrot an, paddelt ziemlich übertrieben mit den Armen, fängt sich jedoch sofort wieder. Dann lächelt er, und ich merke, wie sich auch meine Mundwinkel automatisch nach oben biegen.

»Hi«, sagt er. »Aber du kannst doch gar nichts dafür.«

Ona senkt beschämt den Kopf.

»Klar, kann sie das«, sage ich und sofort schnellt Onas Kopf wieder hoch. »Sie hat dich doch gerufen!«

»Was?«, sagt Luca. »Hab ich gar nicht gehört.«

Ona tritt mir ziemlich heftig auf die Zehen, doch ich beachte sie nicht.

»Vielleicht hast du es unbewusst wahrgenommen«, sage ich zu ihm.

Er sieht von mir zu ihr und zuckt mit den Schultern. Dann macht er einen großen Schritt, setzt seinen Fuß auf einen flachen Stein und springt zu uns in den Sand herunter.

»Und woher weißt du, wie ich heiße?«, fragt er.

»Äh …«, fängt Ona an zu stammeln.

»Weiß sie eben«, sage ich. »Woher ist doch egal, oder?«

Luca wendet sich wieder mir zu. »Dich habe ich hier noch nie gesehen.«

»Stell dir vor, und ich weiß trotzdem, wer du bist«, erwidere ich und schenke ihm mein schönstes Lächeln. »Luca.«

Er lächelt zurück, so süß und strahlend, dass ich glatt mit dem Sand verschmelzen könnte.

»Wo hast du denn deine beiden anderen Freundinnen gelassen?«, fragt er Ona.

Erwartungsgemäß lautet ihre Antwort: »Äh …«

»Vermisst du sie etwa?«, entgegne ich.

Wieder zuckt Luca mit den Schultern. »Es interessiert mich bloß.«

»Aha«, sage ich. »Und mich würde interessieren, warum du hier immer alleine herumläufst.«

Wieder saust Onas Kopf in meine Richtung. Ich spüre geradezu körperlich, wie sehr sie sich einen Kommentar verkneifen muss.

»Mein bester Freund ist krank«, antwortet Luca. »Und meine anderen Kumpels haben offenbar Besseres zu tun.«

»Und was?«, frage ich.

»Na ja, wie soll ich das erklären …?«, druckst er. »Sie meiden die Sonne. Hängen lieber hinter verschlossenen Vorhängen rum, wenn du verstehst, was ich meine.«

Nein.

»Ja, klar«, sagt Ona. »Lan-Party und so.«

Jetzt lächelt Luca sie an. »Genau.«

»Aber du machst dir nichts draus?«, erkundigt sie sich.

Moment mal. – Ich glaube, ich kann dem Gespräch nicht mehr ganz folgen, und das fühlt sich alles andere als gut an. »Hier draußen am Meer ist es doch auch viel schöner«, sage ich also hastig dazwischen.

Luca nickt mir kurz zu und sieht dann wieder Ona an. »Sowieso.«

»Was machst du denn eigentlich den ganzen Tag am Strand?«, beeile ich mich zu fragen.

»Na ja … spazieren gehen. Schauen, wer so alles da ist …«, zählt er auf. »Ich glaube, deine beiden Freundinnen habe ich vorhin auch schon gesehen.«

»Alix und Billie?«

»Wenn sie so heißen …«

»Ja, so heißen sie«, sage ich. »Inzwischen bin *ich* aber Onas beste Freundin.«

»Ona …« Luca bohrt seinen Blick geradezu in meine Herrin hinein. »Das ist aber ein ungewöhnlicher Name!«

»Stimmt«, sage ich. »Und er bedeutet, dass sie mit Glück und Reichtum gesegnet ist.«

Luca grinst. »Ist ja cool.«

Oje! Da ist meine Zunge wohl wieder mal einen Tick zu schnell gewesen! »Na ja, was eben in diesen alten Namensbüchern so steht«, füge ich hastig hinzu. »Mit dem richtigen Leben hat das ja nicht viel zu tun.«

»Sag mal, bist du eigentlich von allen guten Geistern verlassen!«, schnauzt Ona mich an, nachdem Luca sich verabschiedet hat und wir bei ihrem Fahrrad ankommen. »Wie konntest du nur so etwas sagen!«

Ich setze eine Unschuldsmiene auf und flöte: »Was meinst du?«

»Jetzt stell dich mal nicht blöder als du bist«, regt sie sich auf. Vor lauter Wut registriert sie nicht einmal, dass der Henkelkorb noch immer an ihrem Lenker baumelt. »Du bist ja schlimmer als Alix und Billie zusammen!«

»Aber ich habe nicht ein einziges Mal gekichert«, halte ich dagegen.

»Dafür hast du ständig das Gespräch an dich gerissen«, wirft sie mir vor. »Und zum Schluss dann noch dein dämlicher Kommentar zu den Namensbüchern!« Ona verpasst dem Fahrradständer einen wütenden Tritt und stößt ein wildes Schnauben in den Sommerhimmel. »Den hättest du dir ja wohl echt schenken können!«

»Also, ich verstehe dich nicht«, erwidere ich gelassen. »Du wolltest, dass Luca dich bemerkt, und das hat er.«

»Ja, aber du hast mich ja gar nicht richtig mit ihm reden lassen!«

»Ach so«, sage ich. »Ähs stammeln nennst du also

reden? Okay, das nächste Mal weiß ich Bescheid. Da werde ich dich dann einfach weiter rumstammeln lassen. Das macht bestimmt einen superguten Eindruck.«

Innerhalb von Sekundenbruchteilen ist Ona käsebleich um die Nase. »Tut mir leid, Ginie«, sagt sie, und ehe ich mich versehe, baumelt sie mir am Hals und schmatzt mir feuchte Küsse ins Gesicht. »Du bist sooo toll. Und ich ... ich bin so egoistisch und so dämlich und so ...«

»Schon gut«, würge ich sie ab. Denn meinetwegen muss sie sich nun wirklich nicht klein machen. Hauptsache, sie jagt mich nicht zum Teu... O verdammt! Ich hab es schon wieder vergeigt! Himmel, Harfenklang und Wolkenbruch. Was ist nur mit mir los? Das wäre doch die Chance gewesen, endlich freizukommen!

»Ginie, du bist wirklich die beste Freundin, die man sich nur vorstellen kann«, sagt sie und sieht mir so tief in die Augen, dass mir ganz schwindelig wird.

»Ja, ja«, sage ich und befreie mich aus ihrer Umarmung. »Das nächste Mal kriegst du es garantiert auch alleine hin. Luca ist doch ein netter Junge, mit dem man sich bestimmt gut unterhalten kann. Du darfst nur nicht so nervös sein.«

Ich bin es schließlich auch nicht und ich hätte mindestens genauso viel Grund dazu wie sie.

»Du hast recht, Ginie«, jubelt Ona, klatscht in die Hände und fängt an, auf der Stelle herumzuhopsen.

Ihre Augen strahlen wie die Kristallleuchter in meiner Schule und sogar die dunklen Punkte in ihrem Gesicht scheinen auf und ab zu tanzen. »Wir müssen uns etwas richtig Cooles einfallen lassen. Wenn ich Luca das nächste Mal treffe, möchte ich mich nämlich nicht bloß mit ihm unterhalten«, eröffnet sie mir.

»Sondern?«, frage ich in äußerst unguter Erwartung.

»Ich wünsche mir, dass er mich küsst«, sagt sie und nun glitzern ihre Augen wie Tautropfen im Sonnenlicht. »Jawohl, Ginie, das wünsche ich mir!«

Gespräch mit einem Gurkenglas

Ona ist glücklich, und zwar so sehr, dass sie mir während der gesamten Rückfahrt die Ohren vollträllert. Wenn sie singen könnte, wäre es ja durchaus in Ordnung, aber so bin ich heilfroh, als wir endlich zu Hause sind.

»Dir fällt bestimmt etwas ein«, sagt sie und wirft sich auf ihre Sonnenliege, an deren Fußende sich Louie bereits zusammengeringelt hat. Der Kater blickt kurz auf, rollt sich auf den Rücken und fängt wie blöd an zu schnurren.

Ona kichert leise und vergräbt ihre Zehen in seinem Fell. Den Henkelkorb postiert sie neben sich im Gras. »Hepp!«, ruft sie und wirft mir einen Apfel zu. Sie selbst nimmt einen Schluck aus der Orangensaftflasche und reißt anschließend die Keksschachtel auf.

»Ich kann es mir schon richtig vorstellen«, fängt sie an zu schwärmen. »Wie Luca seinen Arm um mich legt, wie seine Augen ganz dunkel werden und …«

»Wieso denn das?«, frage ich hastig. Auf eine detailgetreue Beschreibung der nun folgenden Knutscherei mit Luca kann ich nämlich gut verzichten.

»Weil das nun mal so ist«, erklärt Ona mir. »Wenn man seinen Verliebten anschaut, verdunkeln sich die Augen. Ich glaube, das liegt daran, dass die Pupillen sich vergrößern.«

Wild entschlossen, jeden klitzekleinsten Anflug von Romantik auf der Stelle im Keim zu ersticken, schüttele ich den Kopf. »Warum sollten sie das tun? Ich meine, es sind doch nur Pupillen. Organe also.«

»Das Herz ist auch nur ein Organ«, hält Ona ein wenig genervt entgegen. »Und das schlägt schließlich auch schneller, wenn man …«

»… rennt?«

»Nein!«

»Nicht?«, frage ich erstaunt.

»Oh, Mann, Ginie, du bist blöd«, stöhnt sie. »Du weißt doch genau, was ich meine.«

»Ich bin überhaupt nicht blöd«, sage ich, drehe den Apfel in meinen Händen und tue beleidigt.

»Manchmal schon«, beharrt Ona. »Manchmal allerdings …«

Wahrscheinlich werde ich nie erfahren, was sie mir sagen wollte, denn in diesem Moment taucht Frau Berlebitz plötzlich in der Terrassentür auf.

»Du bist ja doch da«, sagt sie und ihre Augen richten sich neugierig auf mich. »Und wer bist du, wenn ich fragen darf?«

»Dürfen Sie«, sage ich gnädig.

»Mama, das ist Ginie«, stellt Ona mich vor. »Sie ist neu in meine Klasse gekommen.«

»Hallo, Ginie«, sagt Frau Berlebitz, dann wendet sie sich wieder ihrer Tochter zu. »Alix und Billie haben schon x-mal angerufen. Ihr habt euch doch nicht verkracht?«

»Nein, Mama.«

Ona schiebt sich einen Schokokeks in den Mund und verdreht die Augen.

»Gut.« Lächelnd streicht ihre Mutter ihr übers Haar. »Vielleicht rufst du bei Gelegenheit mal zurück.«

Ona zieht unwillig den Kopf weg. »Ja, klar. Aber jetzt ist erst mal Ginie hier«, entgegnet sie.

»Natürlich.« Ihre Mutter lächelt noch immer. »Du hast übrigens toll aufgeräumt«, sagt sie und deutet auf die Terrassentür. »Hätte ich dir gar nicht zugetraut.«

»Ginie hat mir geholfen«, sagt Ona. »Ich glaube, sie hat einen guten Einfluss auf mich.«

Sie zwinkert mir zu und ich zwinkere zurück.

»Das ist schön«, meint Frau Berlebitz. »Trotzdem solltest du deine alten Freunde nicht vernachlässigen.«

»Tut sie nicht«, antworte ich an Onas Stelle. »Alix, Billie, Ona und ich kommen wunderbar miteinander aus.«

»Das freut mich«, sagt ihre Mutter. Noch einmal mustert sie mich. Ihr Blick ist nicht besonders freundlich.

»Sie mag mich nicht«, sage ich, nachdem sie sich endlich in den hinteren Teil des Gartens zurückgezogen hat.

Ona schüttelt den Kopf. »Das ist doch Quatsch«, erwidert sie. »Mama ist immer so. Sie hat noch nie jemanden mit offenen Armen empfangen.«

»Genau wie Louie.«

Ona stöhnt. »Katzen sind nun mal zurückhaltend. Wenn ich einen Hund hätte, würde die Sache ganz anders aussehen. Und jetzt lass uns lieber mal darüber nachdenken, wie wir es hinkriegen, dass Luca mich küsst«, sagt sie, lässt den letzten Keks aus der Packung in ihre Hand gleiten und stopft ihn sich in den Mund.

Ich sehe sie an und denke: kein Problem. Wir fahren zu ihm und er küsst dich. Wenn es dir lieber ist, kann ich ihn auch sofort hierherschaffen. Dann muss Madame sich gar nicht erst erheben, sondern kann sich ganz bequem auf ihrer hauseigenen Liege abknutschen lassen. Sie sollte sich dabei allerdings nicht von ihrer Mutter erwischen lassen … Moment mal, das ist eigentlich gar keine so schlechte Idee!

»Ginie, wie guckst du denn?«, ruft Ona erschrocken.

»Äh … ja, wie denn?«, frage ich.

»Ganz seltsam … irgendwie unheimlich«, sagt sie und schüttelt sich. »So als würdest du etwas total Fieses aushecken.«

»Ich?«, rufe ich empört. »Aber Ona, wie kommst denn auf so etwas!«

»Ich weiß auch nicht«, erwidert sie kleinlaut. »Eigentlich habe ich überhaupt keinen Grund dazu.«

Bis tief in die Nacht hinein versucht Ona, einen Plan zu schmieden. Sie dreht und wälzt sich auf ihrem Kopfkissen herum, fantasiert eine Idee gegen die dunkle, nur von einem schmalen Streifen fahlen Mondlichts beschienene Zimmerdecke – und verwirft sie gleich wieder. Klong gegen die Decke und zack, bum zum Fenster in den Garten hinaus. So geht es Stunde um Stunde. Einfach küssen und fertig scheint jedenfalls nicht ihr Ding zu sein.

»Party mit Flaschendrehen …« – Klong, zack, bum – weg!, denn: »Die Gefahr, dass Luca eine andere küssen muss, wäre viel zu groß.«

»Einfach hingehen und fragen: Hey, willst du mich nicht ein bisschen küssen?« – Klong, zack, bum – weg!, denn: »Wenn er es nicht tut, bin ich tot.«

»Ins Kino einladen …« – Klong, zack, bum – weg!, weil: »Viel zu eindeutig.«

»In die Eisdiele gehen …« – Klong, zack, bum – weg!, denn: »Am helllichten Tag und unter unzähligen Leuten macht er es sowieso nicht.«

»Ihm ein Kussbuch schenken …« – Klong, zack, bum – weg!, weil: »Oh, Gott, wie peinlich!«

Ich liege die ganze Zeit schweigsam neben ihr, lasse es unter größter innerer Anspannung zu, dass Louie an meinen Zehen nagt, und mache mir meine eigenen Gedanken zu diesem Thema.

Nichts von all dem, was Ona aufzählt, wäre eindeutig, banal oder peinlich. Und natürlich würde Luca auch keine andere küssen. – Nicht einmal mich!

Ich könnte für die beiden sogar eine Reise zum Mond organisieren. Dort könnten sie dann in einer Hollywoodschaukel sitzen und sich bis ans Ende ihrer Tage herzen und küssen. Ona müsste nur auf die Idee kommen, diesen Wunsch zu äußern. Und Klong, zack, bum!, schon wäre die Sache geritzt.

Aber Ona kommt natürlich nicht auf eine solche Idee, und ich werde den Teufel tun und ihr diesbezüglich auf die Sprünge helfen. Stattdessen liege ich weiterhin stumm da und warte geduldig, bis sie zu sabbeln aufhört und schließlich doch einschläft.

Vorsichtig erhebe ich mich von ihrem Bett und sehe mich in ihrem Zimmer um. Das Aufräumen heute Mittag ist mit einem Wimpernschlag erledigt gewesen. Viel zu schnell, um Onas Besitztümer genauer unter die Lupe nehmen zu können.

Leise tappe ich zum Kleiderschrank hinüber, öffne die Türen und suche ein paar von ihren alten Klamotten aus. Eine ausgefranste Jeans mit Schlitzen in den Oberschenkeln, ein lilafarbenes Top und eine schwarze Bluse treffen genau meinen Geschmack. Leider passen meine Glitzerballerinas überhaupt nicht mehr dazu. Onas Schuhe sind mir allerdings mindestens zwei Zentimeter zu groß. Aber vielleicht kriege ich meine liebe Gebieterin ja dazu, sie sich einen Tick kleiner zu wünschen.

Ich probiere alle noch ein paarmal durch und entscheide mich schließlich für ein ziemlich zerschlissenes schwarzes Paar. Die Schuhe harmonieren optimal mit der Bluse und sind Ona jetzt im Sommer bestimmt viel zu warm. – Oh Mann, ich bin wirklich sehr stolz auf meine Umsichtigkeit, die in diesem Fall schon fast an Selbstlosigkeit grenzt. Bleibt nur zu hoffen, dass meine liebe Direktorin in diesem Moment mit ihrer Aufmerksamkeit auch voll und ganz bei mir ist!

Lässig lege ich die Hände auf meine Hüften und werfe einen Blick durchs Fenster in den klaren Sternenhimmel hinauf.

Hey, hallo, Madame Ludmille, hast du gesehen, wie gut ich mich hier unten auf der Erde mache? Bisher habe ich mich wirklich redlich darum bemüht, meiner Herrin uneingeschränkt zu Diensten zu stehen. Und das, obwohl sie nun ausgerechnet den Jungen küssen will, der mir zuerst gefallen hat. Aber vielleicht überlegt sie es sich ja noch anders. Nicht, dass ich diesbezüglich nachhelfen wollte. Im Leben nicht! Das würde ich natürlich nur tun, wenn es zu Onas Bestem wäre.

»Nicht wahr, Madame Ludmille«, murmele ich. »Dann müsste ich es doch sogar tun …«

Ich lächele in mich hinein. Dann drehe ich mich um und laufe langsam auf den langen schmalen Wandspiegel zu, den Ona mit einer bunten Federboa geschmückt hat. Ich bin wirklich beeindruckt. Meine blonden Haare schimmern wie flüssiges Gold und meine hellen blauen Augen wirken in diesem nächtlichen Dämmerlicht sogar auf mich geradezu magisch.

Kein Zweifel: Ich bin hübscher als Ona. Viiieeel hübscher sogar. Und deshalb dürfte es auch überhaupt kein Problem sein, Luca in mich verliebt zu machen. Ach, was heißt hier machen! Gar nichts muss ich tun. Es reicht, wenn ich einfach nur da bin und mit ihm rede. Nicht über mich, sondern über Ona. Schließlich gibt es eine Menge über sie zu erzählen. Und schon sehr bald wird es sich ganz von selbst ergeben, dass er sich unwiderstehlich in mich verliebt. Ich könnte gar nichts dafür, das müsste sogar Madame Ludmille einsehen. Manche Wünsche lassen sich einfach nicht erfüllen, weil sie sozusagen gegen naturgegebene Gesetzmäßigkeiten verstoßen. Ja, wenn ich es mir recht überlege, haben Flaschengeister einen verdammt unnützen Job zu erledigen. Unnütz und vor allem ungerecht. Denn im Grunde hat es ein einziger Mensch – und sei er noch so toll – doch gar nicht verdient, dass ihm bis zum Ende seines Lebens alle Wünsche erfüllt werden.

Ich nicke meinem Spiegelbild zu. Dermaßen schlüssige Gedankengänge habe ich bisher noch nie gehabt. Ich kann wirklich zufrieden mit mir sein. – Jawohl!

Plötzlich fällt mein Blick auf ein Glas. Es steht neben einer roten Schachtel auf Onas Schreibtisch, dessen rechte Hälfte hinter mir im Spiegel zu sehen ist. Als mir klar wird, dass es sich um mein ganz persönliches Gurkenglas handelt, spüre ich einen leichten Stich in der Herzgegend.

Gib gut auf mich acht, flüstert es mir zu. Du brauchst mich noch.

»Gläser können nicht sprechen«, murmele ich. »Also halt gefälligst deine Klappe.«

Damit ich es nicht weiter ansehen muss, schließe ich die Augen und versuche krampfhaft, an etwas anderes zu denken. Zum Beispiel an Luca und Onas törichten Wunsch, von ihm geküsst zu werden. Was hat sie denn davon, wenn er sich am Ende ohnehin in mich verliebt? Nein, nein. Diesen Wunsch darf ich ihr gar nicht erfüllen. Im Gegenteil: Ich muss versuchen, ihn ihr auszureden. Und zwar mit allen mir zur Verfügung stehenden Mitteln.

Ich reiße die Augen wieder auf und richte den Blick entschlossen auf mein Spiegelbild. Doch blöderweise fällt mir sofort wieder dieses dämliche Gurkenglas ins Auge.

Wütend wirbele ich herum, gehe auf den Schreibtisch zu, schnappe mir das Glas und hebe es hoch über meinen Kopf, in der Absicht, es mit aller Kraft auf den Boden zu schmettern. Auf dass es in Abertausend Einzelteile zersplittere! Aber irgendwas in meinem Inneren hält mich davon ab. Es ist keine Stimme, auch keine Furcht. Es ist weder Ahnung noch Wissen, sondern einfach bloß so ein Gefühl. Klein und zart und nicht besonders mächtig, aber dennoch ausreichend, um meinen Arm wieder sinken zu lassen.

Für einen Moment stehe ich klein und elend da. Das Glas scheint geradezu an meinen Fingern zu kleben. Es fühlt sich scheußlich an.

»Schon gut«, höre ich mich krächzen. »Ich werde auf dich aufpassen. Versprochen.«

Im selben Moment gleitet es mir aus der Hand, landet mit einem Poltern auf dem Boden und kullert aufs Bett zu.

Ona seufzt leise und dreht sich auf die Seite. Ihr Gesicht leuchtet hell im Mondlicht. Sie sieht zart und zerbrechlich aus, so als ob ein kleiner Windstoß sie mühelos umpusten könnte.

Ich spüre einen komischen Schwindel. Er beginnt in meinem Kopf, bringt mich fast zum Taumeln und setzt sich schließlich als winziger Wirbel in meiner Brust fest.

Ich atme einmal tief durch, reiße mich von Onas Anblick los und hebe das Gurkenglas auf.

»Was war das?«, frage ich leise. »Bist du das gewesen? Oder Madame Ludmille?«

Angestrengt lausche ich auf eine Antwort, aber ich höre nichts. Auch in meinem Inneren bleibt es still.

Plötzlich huscht ein Schatten über Onas Gesicht. Ich bemerke es nur aus den Augenwinkeln. Reflexartig hebe ich den Blick und erkenne die Kontur eines menschlichen Kopfes mit wild zerzaustem Haar auf ihrem Kopfkissen. Als ob in diesem Moment jemand neben ihr läge!

Entsetzt halte ich den Atem an. In Erwartung, dass

jemand hinter mir im Zimmer steht, wirbele ich herum. Aber da ist niemand. Das Einzige, was ich wahrnehme, ist das leise Rascheln von schnellen Schritten im Gras.

Im Palast der Wünsche

»Die Tür war zu«, murmele ich. »Im Zimmer ist keiner gewesen. Außer mir und Ona, natürlich. Und im Garten habe ich auch niemanden gesehen. – Wieso habe ich dann seine Schritte gehört?«

»Ginie, was redest du denn da?«, fragt Ona.

Ich zucke zusammen und sehe zum Bett hinüber.

Ona hat sich aufgerichtet und die Bettdecke zurückgeschlagen. Sie sieht ein wenig zerstrubbelt, aber sehr wach und lebendig aus.

»Wieso sitzt du da im Sessel? Und warum bist du schon angezogen?«

»Äh …«, sage ich.

»Du hast in meinem Kleiderschrank rumgewühlt«, stellt sie fest. »Ich wusste gar nicht, dass ich diese Sachen überhaupt noch habe. Sie stehen dir übrigens gut.«

»Äh … wenn du willst, dass ich sie wieder zurücklege … kein Problem«, beeile ich mich zu sagen.

»Nein, nein«, meint Ona abwinkend. »Du kannst sie gerne behalten. Ich hab ja gestern erst neue bekommen«, fügt sie augenzwinkernd hinzu. »Bloß die Chucks …« Gähnend streckt sie die Arme über ihren Kopf aus und deutet anschließend auf meine Füße. »Die mag ich eigentlich ganz gern.«

»Und wenn sie dir inzwischen nicht mehr passen?«, frage ich lauernd.

Ona schüttelt den Kopf. »Meine Füße sind seit dem letzten Sommer nicht mehr gewachsen. Und die Chucks da habe ich erst im Herbst bekommen.«

»Und seit dem Frühjahr nicht mehr angehabt«, betone ich.

»Stimmt. Aber meine Füße sind trotzdem nicht größer geworden.«

»Vielleicht ja doch.«

»Ginie, was soll das Theater?«, fragt Ona durch ihr Nachthemd, das sie sich gerade über den Kopf zieht. »Du kannst die Chucks gerne tragen, so oft und so lange du willst.«

»Mir wäre aber wohler dabei, wenn ich wüsste, dass sie dir nicht mehr passen«, sage ich listig.

»Das ist doch Quatsch!«

»Nicht für mich.«

»Na gut«, brummt Ona. Sie pfeffert ihr Nachthemd ins Bett, greift nach einem winzigen gestreiften Oberteil und zerrt es über die Stelle, an der vermutlich irgendwann mal ein Busen entstehen wird. »Vielleicht passen sie mir ja tatsächlich nicht mehr.«

»Das reicht nicht«, sage ich.

»Mann, was willst du denn?«, fährt sie mich an.

»Soll ich sie erst anprobieren? Dazu habe ich nämlich keine Zeit.« Sie deutet auf den klobigen orangefarbenen Zeitmesser, der auf ihrem Nachtschrank steht. »In einer Viertelstunde müssen wir los.«

»Wohin?«, frage ich erstaunt und hoffe natürlich sehr, dass es nichts mit Luca und einem brandneuen, sozusagen im Schlaf ausgebrüteten Knutschplan zu tun hat.

»Zur Schule.«

»Ach so«, sage ich erleichtert.

»Mag ja sein, dass du immer noch keinen Hunger hast«, fährt sie fort, nachdem sie eins der neuen Tops und eine Jeans angezogen hat. »Aber ich möchte auf jeden Fall noch frühstücken.«

»Dann sag doch einfach, dass du sie dir eine Nummer kleiner wünschst«, schlage ich vor und bemühe mich, möglichst absichtslos zu wirken.

Ona tippt sich an die Stirn. »Ginie, du spinnst!«

»Überhaupt nicht«, sage ich. »Bisher ist doch immer alles in Erfüllung gegangen. Und später wünschst du sie dir einfach wieder größer. Wenn es nötig ist, sogar gleich um zwei Nummern.«

»Oh, Ginie, du bist wirklich oberseltsam«, stöhnt Ona, während sie sich mit einer Bürste durch die Haare fährt. »Ich verstehe nicht, was das soll. Aber vielleicht muss ich das auch gar nicht. Ebenso wenig, wie es mich interessieren muss, was für komisches Zeug du manchmal redest. Oder dass du Dinge weißt, die du gar nicht wissen kannst.«

»Hä?«, mache ich.

»Zum Beispiel, als wir am Strand waren und mit Luca geredet haben. Du hast gewusst, dass er immer allein dort ist. Dabei hast du ihn gestern erst kennengelernt.«

Sie kneift die Augen zusammen und sieht mich an, als ob ihr so etwas wie ein Licht aufginge.

»Ach, das hab ich doch bloß vermutet«, wiegele ich ab. »Ich hätte mich genauso gut auch irren können.«

Ona stößt einen Schwall Luft aus, lässt die Bürste dort, wo sie gerade steht, zu Boden fallen, und macht sich über ihren Schulrucksack her.

»Jetzt sag doch schon«, drängle ich.

»Was?«, schnaubt sie.

»Dass du dir die Schuhe eine Nummer kleiner wünschst.«

Ona blitzt mich an. »Nervensäge!«

»Bitte!«, beharre ich. »Aber möglichst präzise.«

»Also gut«, seufzt sie, richtet sich auf und zeigt ein weiteres Mal auf meine Füße. »Ich wünsche mir, dass meine schwarzen Chucks um eine Schuhgröße schrumpfen.«

Sie hat es kaum ausgesprochen, da wird die Zimmertür aufgestoßen und ihre Mutter steht auf der Schwelle.

Ich glaube, so schnell wie in diesem Augenblick habe ich bisher noch nie den Ort gewechselt.

Ich warte neben der Einfahrt auf Ona. Hier werden sie vermutlich auch Billie und Alix abholen, dieser Platz ist also absolut unverdächtig.

Ona scheint sich für das Frühstück nicht viel Zeit gelassen zu haben, denn als sie aus der Tür tritt, hält sie noch ein angebissenes Brötchen in der Hand.

»Ginie, wie hast du das gemacht?«, zischt sie mir zu. »So schnell zu verschwinden. Mannomann, und ich dachte schon, jetzt ist alles aus.«

»Ach was«, sage ich. »Wir hätten deiner Mutter schon irgendwie verklickert, dass ich gerade erst vorbeigekommen bin.«

»Ja.« Ona nickt. »Ganz schön aufregend, so ein Geheimnis.« Sie grinst mich an. »Dass ein Mensch so schnell rennen kann!«

Ein Mensch nicht, ein Flaschengeist aber natürlich schon.

»Das kommt daher, dass ich ständig vor diesem Killerhund fliehen musste«, versuche ich eine Erklärung.

»Killer ist doch nicht gefährlich«, widerspricht Ona.

»Für mich schon«, sage ich und schüttele mich. »Tiere sind mir einfach unheimlich. Aber mein Onkel kapiert das leider nicht.«

»Dein Onkel?« Ona runzelt die Stirn. »Herr Hellbig ist dein Onkel?«

Ich setze eine Unschuldsmiene auf. »Hab ich das nicht erzählt?«

»Nein, hast du nicht«, sagt Ona. »Aber jetzt verstehe ich allmählich, wieso du dich daheim nicht gut aufgehoben fühlst.«

Ich nicke heftig.

»Und heute Morgen hast du wohl geträumt, dass Killer dir in unserem Garten auflauert«, fängt sie an zu fantasieren.

»Schsch!«, mache ich. »Alix und Billie kommen.«

»Na und?«

»Du kannst mich gar nicht sehen, weil ich dein Schutzengel bin.«

Ona verdreht die Augen. Kann sein, dass ihr dieser Teil unseres Geheimnisses allmählich auf die Nerven geht. Mir allerdings gefällt er außerordentlich gut. Denn so kann sie mir zumindest während der Zeit, die wir in der Schule verbringen müssen, keine dummen Fragen stellen.

»Haben eigentlich noch mehr Schüler aus unserer Klasse einen Schutzengel?«, erkundigt sich Billie kurz vor der ersten Stunde bei mir.

»Nein«, sage ich.

»Lehrer auch nicht?«

Ich schüttele den Kopf. Und während ich das tue, wandert mein Blick unwillkürlich zu Josha hinüber, der auch heute wieder zwischen den weiß blühenden Pflanzen auf der Fensterbank sitzt und fröhlich mit den Beinen baumelt. Mir fällt auf, dass er einen ungewöhnlich feingliedrigen Körperbau hat, ganz anders jedenfalls als meine übrigen Klassenkameraden.

»Es gibt allerdings so etwas wie einen Elfen«, höre ich mich sagen.

»Einen Elfen?«, platzt Alix heraus und Ona fährt zusammen. Ihre Nasenflügel beben vor Empörung, während sie hektisch in ihren Unterlagen hin und her blättert. Es muss ihr wahnsinnig schwerfallen, so zu tun, als ob sie mich nicht gehört hätte.

»Ja«, bekräftige ich. »Einen Klassenelfen sozusagen.«

»Aha«, sagt Billie. »Und was macht der so, der Elf?«

»Na ja, in erster Linie ist er natürlich für die Blumen zuständig«, erwidere ich.

»Und in zweiter?«, will Alix wissen.

»Für die ... äh ... na ja, für die Atmosphäre im Klassenraum«, denke ich mir aus.

»Oh«, sagt Billie und zieht ihren Kopf zur Seite, um einem Papierkügelchen auszuweichen, das aus der lärmenden Jungenecke zu uns herübergeflogen kommt. »Logisch. Deshalb ist es hier wohl auch nie besonders unruhig.«

»Hmm«, macht Alix. »Und die Lehrer sind auch immer supernett. Allen voran der Hensen«, fährt sie höhnisch fort. »Der hat mir im letzten Physiktest nur eine Vier gegeben, obwohl ich drei von fünf Aufgaben richtig hatte. Das war mehr als die Hälfte. Und eigentlich hätte ich dafür eine Drei verdient.«

»Na ja, ihr müsstet eben erst mal erleben, wie es

wäre, wenn es den Elfen nicht gäbe«, entgegne ich trocken. »Dann hätte Alix vielleicht nicht einmal eine Vier bekommen.«

Onas Freundinnen mustern mich skeptisch.

»Kann man ihn eigentlich auch sehen?«, fragt Billie. »So wie dich?«

»Natürlich nicht«, sage ich. Ich spüre Joshas Blick auf mir und grinse in mich hinein. »Der Elf ist schließlich für euch alle da.«

»Na super!«, stöhnt Alix. »Beweisen kannst du das aber nicht, was?«

»Ich wüsste nicht, wie«, sage ich achselzuckend. »Ihr müsst mir schon glauben.«

»Dir und Ona«, betont Billie. »Könnte ja auch sein, dass ihr beide uns verarscht.«

»Könnte«, sage ich und Ona stößt ein erstauntes »Hä?« hervor. »Was quasselt ihr da eigentlich die ganze Zeit?«

Sie macht ein so wunderbar unschuldig genervtes Gesicht, dass ich sie glatt küssen könnte. Es ist einfach toll, wie sie dieses Spiel mitspielt, und das, obwohl sie offensichtlich nicht mit allem einverstanden ist, was ich so von mir gebe.

Nach der Mathestunde, in der ich Ona ganz nebenbei drei kleine Wünsche erfülle, stellt Josha sich genau in dem Moment in die Tür, als ich meiner Herrin auf den Gang hinaus folgen will. Er stemmt die Hände auf seine Hüften und sieht mich breit grinsend an.

»Du hast ja wohl einen Sockenschuss«, sagt er.

»Ph!«, mache ich und versuche, mich an ihm vorbeizudrängeln, was mir im Gegensatz zu den anderen Schülern jedoch nicht gelingt. Keine Ahnung, wie Josha das hinkriegt, aber ich komme einfach nicht hinaus. Irritiert starre ich ihn an.

»Was soll das?«, zische ich.

»Was meinst du?«, erkundigt er sich noch immer grinsend.

»Das weißt du ganz genau«, sage ich.

Josha schüttelt den Kopf und seine dunklen Augen funkeln geradezu unverschämt frech. »Nicht den geringsten Schimmer«, erwidert er cool.

»Dann lass mich jetzt endlich vorbei.«

»Bitte schön.« Er macht einen Schritt zur Seite und eine einladende Geste in den Gang hinaus.

»Was willst du eigentlich von mir?«, knurre ich ihn an.

»Das musst du schon selbst herausfinden«, entgegnet er und auf einmal sind das Grinsen und das freche Funkeln in seinen Augen verschwunden. »Ein Elf bin ich jedenfalls nicht.«

»Sag bloß!«

»Und für die ganze Klasse zuständig bin ich erst recht nicht.«

»Ts«, mache ich und tippe mir an die Schläfe. »Das hätte ich jetzt nicht gedacht.«

Dann laufe ich zügig an ihm vorbei und folge den anderen. Vielleicht wäre es besser, wenn ich Ona ab jetzt nicht mehr in die Schule begleite. Ich müsste mir nur eine glaubwürdige Erklärung dafür einfallen lassen.

Plötzlich taucht Josha neben mir auf.

»Eine Frage«, sagt er. »Warum hängst du eigentlich ausgerechnet an Ona?«

Ich zucke zusammen und werfe einen Blick auf seine Schuhe. Es sind ganz normale Sneakers. Keine Ahnung, warum ich seine Schritte hinter mir nicht bemerkt habe.

»Tu ich doch gar nicht«, erwidere ich unwirsch. »Oder hast du gesehen, dass ich jemals ein Wort mit ihr gewechselt hätte?«

»Gesehen nicht, aber gehört.«

Verblüfft schaue ich ihn an.

»Was wohl damit zusammenhängt, dass man Wörter nicht sehen kann … Zumindest nicht, sofern sie nicht aufgeschrieben sind«, fügt er lächelnd hinzu.

Uaaah! Was für ein Klugscheißer!

Wutschnaubend schalte ich einen Gang höher und trabe mit weit ausholenden Schritten weiter. Doch Josha hält mühelos mit mir mit. Er hat die Hände lässig in den Hosentaschen vergraben und schlurft neben mir her, ohne sich großartig anstrengen und seinen Atem auch nur ansatzweise beschleunigen zu müssen.

»Du redest ständig mit ihr«, sagt er. »Nicht, solange ihre Freundinnen dabei sind, aber sonst schon.«

»Na und!«, fahre ich ihn an, während ich immer

schneller zu gehen versuche. »Das ist ja wohl ganz allein meine Sache!«

»Wenn du meinst.«

»Genau das meine ich.«

»Okay«, sagt Josha. »Dann werde ich die Story mit dem Elfen wohl richtigstellen müssen.«

»Meinetwegen!«, fauche ich. »Ich gehe jetzt nämlich nach Hause und …«

»Ach, tatsächlich?«, unterbricht er mich spöttisch.

»Ja«, sage ich. »Und ab morgen besuche ich eine andere Schule.«

Jetzt grinst er wieder sein blödes breites Grinsen, das mich immer wütender macht. »Ist ja ein Ding!«

»Auf jeden Fall ist es mir völlig schnuppe, was Alix und Billie von mir denken«, brumme ich.

»Und Ona?«, fragt Josha. »Ist sie dir auch egal?«

»Natürlich nicht! Ona ist sehr nett!«, blaffe ich ihn an. »Außerdem kennt sie alle meine Geheimnisse.«

»Na, da schau her!«, ruft Josha. »Das hätte ich jetzt nicht gedacht.«

»Du hältst mich wohl für eine Lügnerin.«

»Du hast es erfasst.«

»Stell dir vor: Auch das ist mir so was von schnuppediwuppe.«

»Dann verstehe ich nicht, wieso du dich die ganze Zeit über so aufregst«, erwidert er.

»Ganz einfach: Weil du mir auf den Geist gehst!«

Vor lauter Grinsen verschwinden seine Mundwinkel

jetzt fast hinter seinen Ohren. »Was du nicht sagst!«, stößt er lachend hervor.

»Außerdem weiß ich echt nicht, was du gegen Ona hast!«, fauche ich.

»Hab ich das behauptet?«, erwidert er erstaunt.

»Du hast gesagt, dass du nicht verstehst, warum ich ausgerechnet mit ihr befreundet bin. Schon vergessen?«

»Nein. Allerdings meine ich mich zu erinnern, dass ich mich etwas anders ausgedrückt habe«, sagt Josha. »Ich wäre nämlich nie auf die Idee gekommen, dass du mit ihr befreundet bist.«

Joshas letzter Satz klingt mir noch in den Ohren, als ich das Schulgelände längst verlassen habe. Ich habe mir nicht mal mehr die Mühe gemacht, Ona zu suchen oder Billie und Alix Bescheid zu sagen. Mein Entschluss steht endgültig fest: Ich werde meine Vormittage zukünftig anders verbringen. Und mittlerweile weiß ich auch, wie ich es meiner Herrin schmackhaft machen kann.

Ich wäre nie auf die Idee gekommen, dass du mit ihr befreundet bist – pah! Josha hat wirklich keine Ahnung! Er kennt mich ja gar nicht richtig. Wie will er so etwas dann überhaupt beurteilen? Außerdem ist er ein Junge. Er kann gar nicht verstehen, wie dicke zwei Mädchen miteinander sein können.

Okay, Ona und ich haben eine sehr spezielle Verbindung. Das bedeutet aber noch lange nicht, dass wir nicht irgendwie auch ein bisschen miteinander befreundet sind. Zumindest aus ihrer Sicht. Ja, in der Tat würde ich glatt alles, was ich mal besessen habe, darauf verwetten, dass Ona mich eine echte Freundin nennt. Zumindest hat sie mehr Vertrauen zu mir als zu Alix und Billie. Und das will ja wohl etwas heißen!

Qualmend vor Wut auf diesen verflixten Wichtigtuer namens Josha rase ich die Straße entlang und merke erst, als ich vor einem großen Gebäude mit riesigen Glasscheiben stehe, dass ich in die verkehrte Richtung gelaufen bin. Na, auch egal. In dem Moment, in dem Ona mich zu sich wünscht, werde ich den Weg zu ihr nach Hause ganz problemlos wiederfinden. Und bis dahin werde ich meine Freiheit genießen. Jawohl!

Ich atme einmal tief durch und versuche, mich abzuregen. Dabei lasse ich meinen Blick über die großen Fenster streifen und stelle fest, dass dahinter ausnahmslos ganz und gar entzückende Dinge ausgestellt sind, nämlich supertolle Kleidungsstücke, die von Puppen getragen werden, samtweiche Teppiche mit fantasievollen Mustern oder Glaskaraffen, größer, schöner und vielfältiger als jene, die Madame Ludmille in ihrer Vitrine aufbewahrt.

Wie verzaubert spaziere ich von einem Fenster zum nächsten und betrachte staunend die unzähligen Dinge. Und während ich das tue, beginne ich mich zu fragen, ob wir Flaschengeister uns womöglich hier bedienen, wenn wir den Menschen ihre Sachwünsche erfüllen. Dinge zu beschaffen ist nämlich außerordentlich einfach für uns, so einfach, dass ich mir noch nie Gedanken darüber gemacht habe, wo sie wohl aufbewahrt werden, bevor wir sie herbeizaubern. Vielleicht habe ich in Menschen- oder Zauberkunde ja nicht immer aufgepasst und deshalb ein paar entscheidende Zusammenhänge nicht gecheckt, jedenfalls bin ich bisher immer davon ausgegangen, dass diese Dinge aus dem Nichts heraus entstehen. Jetzt aber, da sie sich in dieser großen Anzahl vor meinen Augen auftürmen, stelle ich mir plötzlich vor, dass jedes Ding, das wir unserem persönlichen Gebieter beschaffen, an einer anderen Stelle verschwindet.

Ich gehe weiter und gelange zu einem riesigen Portal, das aus sechs großen gläsernen Klapptüren besteht. Menschen strömen hinein und heraus. Und alle scheinen es sehr eilig zu haben.

Neugierig tappe ich auf eine der sechs Glastüren zu und drücke sie auf. Ein Gemisch aus Blumenduft, flotter Musik und Wärme schlägt mir entgegen. Menschen wuseln zwischen Tischen und Regalen umher, die mit wunderhübschen Dingen beladen sind. Kleidung, Bücher, Taschen, Shampoos, CDs – alles scheint es hier im Überfluss zu geben. Manche Menschen lachen und plappern munter miteinander, andere wiederum sehen ziemlich ratlos aus. Sie nehmen Dinge aus den Regalen, betrachten sie eine Weile und stellen sie schulterzuckend wieder zurück.

Vielleicht wissen sie nicht, was sie damit anfangen

sollen. Oder es fällt ihnen schwer, sich für eine Sache zu entscheiden. Schließlich sind die Häuser, in denen sie wohnen, viel kleiner als dieses hier. Auch mir gefallen all diese Dinge sehr. Ein großer Vitrinenstand, in dem es vor lauter Perlen und Glitzersteinen nur so funkelt, hat es mir besonders angetan. Langsam bewege ich mich darauf zu und umrunde ihn staunend. So viele Ketten, Anhänger, Ringe und Armbänder! Und eins davon hübscher als das andere. Ich wüsste gar nicht …

»Hallo«, sagt da plötzlich eine Stimme neben mir. »Was machst du denn hier?«

Ich erstarre zu Eiskristall. Mit allem Möglichen habe ich gerechnet, aber ganz gewiss nicht damit, dass ich Luca begegnen würde. Ausgerechnet hier!

»Pass bloß auf, dass du nicht weggewünscht wirst!«, platze ich heraus.

»Hä?« Luca grinst etwas verdattert. »Was hast du gesagt?«

»Nix«, entgegne ich schnell. »Ich war bloß in Gedanken.«

»Hm«, macht er. »Hast du heute gar keine Schule?«, erkundigt er sich.

»Nö«, sage ich.

»Und deine Freundin?«

»Wen meinst du? Ona?«

»Ja, die«, sagt er und grinst nun noch seltsamer.

»Die ist krank«, lüge ich. Irgendwie erscheint es mir angebracht.

»Oh! Was hat sie denn?«

»Ich weiß auch nicht so genau. Irgendwas Fieses. Ihre Eltern sind jedenfalls sehr in Sorge.«

»Oh«, sagt Luca noch einmal und sieht nun plötzlich sehr betroffen aus. »Das tut mir leid. Ich hoffe, es ist nichts wirklich Ernstes.«

»Nein, nein«, antworte ich schnell. Es ärgert mich zwar, dass er sich so viele Gedanken um Ona macht, andererseits möchte ich uns aber auch nicht die Stimmung vermiesen. »Ich glaube, es hat mit ihren vielen braunen Flecken zu tun.«

»Mit ihren Sommersprossen?«, fragt Luca erstaunt.

Meinetwegen. Wenn man die Dinger so nennt.

»Ja, einige Male im Jahr werden sie plötzlich dick und hubbelig«, spinne ich mir zusammen. »Dann platzen sie auf und ein ekliges Zeug quillt heraus. Es sieht aus wie grüner Schnodder, ist schrecklich klebrig und stinkt fürchterlich.«

Zu meiner großen Befriedigung stelle ich fest, dass Luca jetzt ziemlich angewidert dreinschaut.

»So etwas hab ich ja noch nie gehört«, presst er hervor.

»Ja, die arme Ona«, seufze ich. »Besonders schlimm ist es beim Küssen. Dabei explodieren die Dinger geradezu.«

»Aber ...«, stammelt Luca. Er bricht ab und starrt mich an. »Und ich dachte ...«, beginnt er schließlich von Neuem.

»Was?«, frage ich. »Dass Ona nicht küssen mag?

Oh, da irrst du dich aber. Sie küsst den lieben langen Tag. Es ist sozusagen ihr Hobby. Mal ist es dieser, mal jener …«

»D-du willst mich auf den Arm nehmen!«

»Ganz bestimmt nicht!«, rufe ich empört.

Dann schon eher *in* den Arm. Allerdings scheint mir der Zeitpunkt dafür noch nicht ganz der richtige zu sein. Erst einmal muss Luca sich von dem Ona-Schreck erholen und seine frische gesunde Gesichtsfarbe zurückbekommen.

»Ja dann«, sagt er und guckt unschlüssig zwischen mir und etwas, das er in seiner Hand hält, hin und her.

»Was hast du denn da?«, frage ich neugierig.

»Och, nix«, erwidert er und hängt das Ding blitzschnell über einen kleinen silberfarbenen Ständer, der neben der Vitrine auf dem Glastresen steht. Es ist eine Kette mit einem Herzanhänger aus rotem geschliffenem Glas. Nicht besonders funkelig, aber trotzdem sehr hübsch. Zu Ona hätte es vielleicht gepasst, aber auf keinen Fall zu Luca. Ehrlich gesagt, habe ich auch noch nie davon gehört, dass Jungs sich solche Herzchen um den Hals hängen.

»Du hast übrigens auch keine Schule«, sage ich, um endlich auf ein anderes Thema zu kommen.

Luca nickt. »Stimmt. Bei uns ist heute Lehrerausflug«, erklärt er mir matt. Dann hebt er seine Hand zum Gruß. »War nett, dich zu treffen.«

Ehe ich etwas erwidern kann, hat er sich bereits von mir abgewendet. Wehmütig sehe ich ihm nach.

»Schade«, murmele ich. »Eigentlich hätten wir uns noch eine Weile unterhalten können.« – Natürlich über erfreulichere Dinge als explodierende Sommersprossen. Alles in allem bin ich mit dem Zwischenergebnis aber durchaus zufrieden. Dafür, dass ich Luca völlig überraschend getroffen habe und ein wenig improvisieren musste, habe ich eine ganze Menge erreicht. Sollte er jemals mit dem Gedanken gespielt haben, meine Herrin näher kennenzulernen, wird ihm dieses Anliegen inzwischen gründlich vergangen sein. Jetzt muss ich nur noch Ona entsprechend polen und schon habe ich Luca so gut wie für mich allein.

Ich schlendere noch ein wenig durch das Haus der Wünsche, gleite in einem gläsernen Kasten durch die verschiedenen Stockwerke und male mir aus, wie ich mein eigenes Heim einrichten würde, wenn ich jemals eines besäße.

In einer Klamottenabteilung für Mädchen entdecke ich ein paar besonders originelle T-Shirts. Ich raffe einige an mich und stopfe sie unter meine Bluse. Natürlich will ich sie nicht für mich selbst behalten, sondern Ona schenken. Ich finde nämlich, dass sie auch einmal etwas von mir bekommen kann, ohne dass sie es sich ausdrücklich gewünscht hat.

Als ich mich vor einem großen Wandspiegel hin und her drehe, um zu überprüfen, ob jemandem die stibitzten T-Shirts auffallen könnten, spüre ich plötzlich ein fieses Ziehen in meinem Kopf. Eine Sekunde später reißt es mich von den Füßen.

Lügengespinste auf kurzen Beinen

»Wo, zum Teufel, bist du gewesen?«, fährt Ona mich an, kaum dass ich durch die Terrassentür in ihr Zimmer getreten bin.

»Äh … zu Hause«, sage ich, weil mir auf die Schnelle nichts Klügeres einfällt.

»Was? Ich denke, da kannst du nicht hin.«

»Na ja«, sage ich. »Für die Anmeldung in der Schule brauchte ich doch meine Unterlagen.«

»Und die hast du bekommen?«, fragt Ona. »Ganz ohne irgendwelches Tamtam?«

»Leider nicht«, erwidere ich und fange an zu drucksen. »Es ist nämlich so, dass mein Onkel deine Schule nicht ausstehen kann.«

»Ach, du ahnst es nicht«, stößt Ona hervor. »Sag bloß, er hat dich schon woanders angemeldet?«

Ich zucke die Achseln. »Er war total sauer, weil ich so lange weg gewesen bin.«

»Oje«, sagt Ona. »Und jetzt kannst du nicht mehr bei mir wohnen. Stimmt's?«

»Und wie ich das kann!«, entgegne ich. »Oder meinst du etwa, ich lasse mich wieder zusammen mit diesem blutrünstigen Zottelmonster in ein Zimmer sperren?«

Ona reißt entsetzt die Augen auf. »Hat dein Onkel das etwa mit dir gemacht?«

»Und ob er das hat«, brumme ich. »Zum Glück konnte ich durchs Fenster entkommen.«

»Komisch«, meint Ona. »Ich hätte nie gedacht, dass Killer so blutrünstig ist. Schon verrückt, wie sehr man sich manchmal irren kann.«

»Ja, und das Blöde ist, dass ich nun jeden Tag dort vorbeischauen muss«, fahre ich mit meiner Lügengeschichte fort. »Wenigstens für ein paar Stunden. Sonst rastet Onkelchen womöglich noch völlig aus.«

»Wie viel Zeit haben wir denn dann überhaupt noch für uns?«, fragt Ona erschrocken. »Morgens gehst du in eine andere Schule und nachmittags …« Sie bricht mitten im Satz ab. »In welche kommst du überhaupt?«

»Keine Ahnung«, sage ich. »Mein Onkel will mich morgen höchstpersönlich dort abliefern. Ich muss also auf jeden Fall pünktlich daheim sein.«

»Also, dafür, dass er sich bisher nicht um dich gekümmert hat, sorgt er sich plötzlich ziemlich viel«, murrt Ona.

Ich spiele die Beleidigte. »Was kann ich denn dafür!«

»Gar nichts«, sagt sie nun viel sanfter. »Och, Ginie!«

Sie schlingt mir ihren Arm um den Hals und drückt mich an sich. »Es ist nur so, dass ich mich schon so wahnsinnig an dich gewöhnt habe«, raunt sie mir ins Ohr. »Obwohl du ständig diesen Quatsch von Schutzengeln und Elfen erzählst, mag ich dich richtig gern. Irgendwie habe ich sogar das Gefühl, dass wir uns gegenseitig Glück bringen.«

Da hockst du aber komplett auf der falschen Wolke!

»Hör mal«, beginne ich und befreie mich aus ihrer Umarmung. »Es ist alles ganz anders, als du denkst.«

»Wie meinst du das denn schon wieder?«, erwidert Ona. »Etwa, dass Herr Hellbig doch nicht dein Onkel ist und du in Wahrheit aus einem Heim ausgerissen bist?«

»Nein!«, rufe ich. »Nein, nein, nein!«

Ona mustert mich durchdringend.

»Ginie, du musst mir die Wahrheit sagen«, beschwört sie mich. »Ich bin deine Freundin. Ich würde alles für dich tun. Wenn du mich belügst, das wäre … das wäre …« Wieder fängt sie an zu stammeln.

In ihren Augen liegt ein feuchter Glanz. Es sieht sehr hübsch und sehr herzerwärmend aus. Am liebsten würde ich sie jetzt an mich drücken und auf die Wangen küssen und ihr sagen, dass alles gut ist und sie sich keine dummen Gedanken machen muss. Aber das ist leider ganz und gar unmöglich.

Ich bin kein Mensch und deshalb kann ich auch nie und nimmer Onas Freundin sein. Und solange ich ihr dienen und Wünsche erfüllen muss, die ich eigentlich gar nicht erfüllen will, kann ich sie auch nicht wirklich gernhaben.

»Ginie, du lügst mich doch nicht an?«

Ihre Stimme ist plötzlich ganz schrill.

»Nein, Ona, das würde ich niemals tun«, sage ich und versuche, ihr gerade in die Augen zu sehen. Selten ist mir etwas dermaßen schwergefallen und ich würde sonst was darum geben, wenn ich mich auf der Stelle in Luft auflösen könnte. Aber Ona hat mich nun einmal hierhergewünscht und nun bleibt mir nichts anderes übrig, als das Beste daraus zu machen.

»Ich muss dir was sagen«, presse ich hervor. »Es tut mir sehr leid, dass du es von mir erfährst, weil ich dir doch bisher immer Glück gebracht habe …«

»Ginie …« Es ist nur der Hauch meines Namens, der da aus Onas Kehle dringt und mir eine feine Gänsehaut über den Rücken perlen lässt.

»Es geht um Luca«, fahre ich tapfer fort. »Ich habe ihn gesehen … mit einem anderen Mädchen.«

»Was? – Wo?«

»In diesem … äh … Dingepalast …«

Ona schiebt die Augenbrauen zusammen. »Oh, du meinst das Einkaufsparadies!«, ruft sie dann.

Ich nicke, obwohl ich nicht weiß, ob sie tatsächlich dasselbe meint wie ich.

»Sie gingen Arm in Arm«, sage ich.

»Oh nein! Ginie, bitte sag, dass das nicht wahr ist!«, kreischt Ona los.

»Es tut mir leid.«

»Aber das geht nicht. Das darf er doch nicht.«

Tränen schießen ihr aus den Augen, ziehen glänzende Schnüre über ihre Wangen und tropfen schließlich von ihrem Kinn auf ihr T-Shirt hinunter.

»Es tut mir so leid«, wiederhole ich. »Ich hatte nämlich eigentlich das Gefühl, dass er dich mag.«

Das muss ich jetzt einfach sagen, damit ich mich nicht ganz so elend fühle.

Ona zieht die Nase hoch und wischt sich mit dem Handrücken über die Wangen. »Ehrlich, Ginie?«, erwidert sie und strahlt nun wieder aus allen Poren. »Ist das wahr?«

»Ja«, sage ich schulterzuckend. »Aber vielleicht habe ich mich auch geirrt und er findet dich bloß nett.«

Augenblicklich sackt sie wieder in sich zusammen.

»Das darf er nicht«, wiederholt sie. »Er muss mich gernhaben. Er muss einfach.«

Ein feiner, aber äußerst feuriger Zorn kocht in mir hoch.

»Er muss gar nichts, Ona, verstehst du«, blaffe ich sie an. »Luca kann tun und lassen, was er möchte.« Ich greife unter meine Bluse, zerre eins der stibitzten T-Shirts nach dem anderen hervor und werfe sie ihr vor die Füße. »Sachen kann man sich wünschen und die kann man vielleicht auch bekommen. Aber Menschen und Küsse und all diese Dinge, die kann man nicht kriegen, bloß weil man sie gerade unbedingt haben will.«

»Das weiß ich doch, Ginie«, erwidert sie und heult nun von Neuem los. »Ich möchte nur so sehr, dass Luca mich auch mag. Wenigstens ein klitzekleines bisschen. Seitdem du hier bist, hat sich irgendwie alles erfüllt, was ich mir gewünscht habe«, schlickst sie. »Und da dachte ich, dass mit Luca eigentlich auch nichts mehr schiefgehen kann.«

Ich starre Ona an, die mittlerweile ein absolutes Bild des Jammers abgibt – ein Anblick, den ich kaum noch ertrage. Und so mache ich doch einen Schritt auf sie zu und nehme sie in die Arme. Ich fühle mich so schrecklich wie noch nie in meinem Leben, und ein paar Sekunden lang spiele ich tatsächlich mit dem Gedanken, Luca auf der Stelle hierherzuholen und Ona küssen zu lassen. Aber das würde ich natürlich erst recht nicht aushalten. Und deshalb hoffe ich inständig, dass Ona diesen Wunsch, dessen Erfüllung ja noch aussteht, möglichst schnell gegen einen anderen eintauscht. Schließlich habe ich ihr einzig und allein aus diesem Grund das Märchen von dem anderen Mädchen aufgetischt.

Und wirklich – ich fass es kaum –, diesmal scheint zur Abwechslung tatsächlich mal jemand *meine* Wünsche zu erhören.

»Pass jetzt gut auf, Ginie«, sagt Ona nun nämlich mit fester und entschlossener Stimme. »Ich werde das nicht einfach so hinnehmen. Im Gegenteil: Ich will es jetzt ganz genau wissen.«

»Aha«, sage ich. »Und wie willst du das anstellen?«

Sie drückt mich ein Stück von sich weg und blickt mir in die Augen. »Indem ich ihn eifersüchtig mache.«

»Das funktioniert aber nur, wenn er verliebt in dich ist«, wende ich ein.

»Eben«, sagt Ona. Sie ballt ihre Hände zu Fäusten und stapft zwischen Bett und Schreibtisch hin und her. »Wenn ich bloß wüsste, wie«, murmelt sie vor sich hin.

»Du müsstest einen anderen küssen«, schlage ich vor.

Ona bleibt mit einem Ruck stehen. »Stimmt haarscharf«, sagt sie und richtet ihren Zeigefinger auf mich. »Die Frage ist nur, wen.«

»Ist doch egal«, sage ich. »Irgendeinen Jungen halt.«

»Ich kenne aber keinen«, jammert Ona gleich wieder los.

»Na hör mal«, sage ich. »Deine Klasse ist doch voll von ihnen.«

»Das ist nicht dein Ernst, Ginie«, erwidert sie und tippt sich an die Schläfe. »Ich kann unmöglich mit Ben, Jonas, Fredi oder sonst wem herumknutschen. Das weiß am nächsten Tag doch die ganze Schule. Nee, nee.« Sie schüttelt energisch den Kopf. »Außerdem denkt der dann womöglich noch, dass ich in ihn verknallt bin.«

Okay, sogar ich sehe ein, dass das nicht geht.

»Bist du denn noch nie einem Jungen begegnet, den du toll findest?«, frage ich. »Außer Luca natürlich.«

»Doch«, antwortet Ona zu meiner großen Überraschung. »Im Jahrgang über mir ist Julius. Den finde ich richtig nett. Und süß ausschauen tut er auch. Die meisten Mädchen fliegen total auf ihn.« Sie schlägt sich mit der Hand gegen die Stirn und lacht. »Mann, Ginie, das wär vielleicht der Hammer, wenn Julius plötzlich hier auf der Matte stehen und mich küssen würde und dann praktischerweise auch gleich noch Luca vorbeikäme und es mit ansehen müsste.«

Kein Problem, das kannst du haben, denke ich voller unbändiger Vorfreude. Es sollte nur vielleicht nicht unbedingt sofort passieren. Sonst zählt Ona womöglich doch noch eins und eins zusammen und ich fliege auf. Sobald ein Flaschengeist nämlich enttarnt ist, wird seine Mission auf der Stelle beendet und er muss in die Heimat zurück, wo er eine monatelange Sonderunterweisung erhält, bevor er zum wiederholten Mal auf die Menschheit losgelassen wird.

Und ich habe nun wirklich keinen Grund, anzunehmen, dass es mir diesbezüglich anders erginge. Gerade weil ich meine Ausbildung noch nicht abgeschlossen habe, wird Madame Ludmille nicht eine Sekunde zögern und mich sofort zurückbeordern. Dann würde ich Luca nie wiedersehen und alles wäre umsonst gewesen.

»Mensch, Ginie, was ist jetzt schon wieder los?«, reißt Ona mich aus meinen Gedanken. »Manchmal siehst du aus, als ob du gar nicht richtig hier wärst.«

»Was?«, frage ich irritiert. »Natürlich bin ich hier. Ich hab doch bloß ein bisschen nachgedacht.«

»Über Julius und Luca?«

»Nein«, sage ich viel zu hastig. »Ich meine, wie soll das denn gehen?«, füge ich deshalb hinzu. »Nie und nimmer tauchen die beiden hier gleichzeitig auf und …«

»Warum sollten sie auch?«, unterbricht Ona mich. Sie lässt sich auf die Bettkante sinken und fixiert seufzend den T-Shirt-Berg auf dem Boden. »Ich bin wirklich blöd gewesen anzunehmen, dass Luca mich genauso toll finden könnte wie ich ihn. Ausgerechnet mich, wo es doch hunderttausend hübschere und nettere Mädchen gibt.«

»Nettere bestimmt nicht«, sage ich.

»Ach, Ginie, du bist wirklich lieb«, erwidert Ona und ringt sich ein Lächeln ab. »Ich fürchte nur, nett sein allein reicht einem Jungen wie Luca nicht. Ach, Mann!«, stöhnt sie und bollert mit den Fäusten auf ihrer Stirn herum. »Es ist sooo peinlich! Hoffentlich erzählen Billie und Alix nicht überall herum, dass ich sommersprossige Nullachtfuffzehn-Kuh mich ausgerechnet in den Sohn von George Cloony verguckt habe. Ganz ehrlich, Ginie, ich wünsche mir wirklich, dass die beiden diese Sache nicht überall herumposaunen.«

Schon erledigt. Weder über Luca noch diesen Cloony-Sohn werden Alix und Billie auch nur ein einziges Sterbenswörtchen verlieren.

»Es ist ein Segen, dass du hier aufgetaucht bist, weißt du das eigentlich?«, fährt Ona unterdessen fort. »Du hast dafür gesorgt, dass ich wieder zu Verstand komme. Okay, das mit Luca und diesem Mädchen tut weh. Sehr weh sogar.« Ihre Stimme fängt an zu zittern, und abermals kullert eine Träne über ihre Wange, die sie jedoch sofort energisch wegwischt. »Aber wenigstens bist du bei mir. Ich hatte noch nie das Gefühl, dass mich jemand so gut versteht wie du. Ich weiß, dass ich mit dir über alles reden kann. Und noch etwas habe ich inzwischen kapiert.«

Na, da bin ich aber neugierig.

»Du brauchst mich, Ginie.«

Ooops, das wäre mir aber ganz neu! Wenn hier jemand jemanden braucht, dann ja wohl sie mich.

»Mach mir nichts vor, okay?«, redet Ona nun äußerst eindringlich auf mich ein. »Du hast diese T-Shirts geklaut. Stimmt's?«

Klar. Und ich wüsste auch nicht, was daran jetzt sooo wahnsinnig schlimm sein sollte. Gut, Madame Ludmille hat sich auch immer furchtbar aufgeregt, wenn ich mal was für mich behalten wollte. Andererseits: »In diesem Paradiespalast gab es mehr als genug davon!«

»Einkaufsparadies«, verbessert Ona mich. »Die Sachen dort muss man, wie jeder weiß, bezahlen, Ginie!«

»Aber ich wollte sie doch gar nicht selbst behalten!«, verteidige ich mich. »Ich habe sie für dich geklaut.«

»Das ist wirklich lieb von dir«, sagt Ona, klingt allerdings wenig überzeugt. »Und die T-Shirts sind auch wunderschön«, fährt sie nun etwas weniger streng fort. »Aber ich möchte nicht, dass du für mich stiehlst. Verstehst du, Ginie, ich mag dich auch so. Du musst mir nichts schenken.«

»Aber …«

Wie kommt sie denn auf die Idee? Ich hab es doch gar nicht nötig, ihr irgendwas zu schenken. Ich mache es, weil ich es will.

»Okay, dann behalte ich die Sachen eben selber«, sage ich und raffe den T-Shirt-Berg an mich.

Umso besser eigentlich. Auf diese Weise gehört mir endlich auch mal etwas, ohne dass ich es mir hintenrum ergattern muss.

»Nein, Ginie«, sagt Ona entschieden. »So geht das nicht. Du musst die Sachen zurückbringen.«

Ich denk ja gar nicht dran!

»Wenn du zu wenig Klamotten hast, kannst du dir von mir welche ausleihen«, bietet Ona mir an. »So wie die Bluse, die Jeans und die Chucks. Nimm dir einfach, was dir gefällt. Ich habe mehr als genug davon.«

Ein Kuss mit Folgen

Ona setzt mir so lange zu, bis ich die Segel streiche und ihr hoch und heilig schwöre, die T-Shirts in diesen paradiesischen Wunschpalast zurückzubringen.

»Und wann?«, will sie wissen.

»Morgen«, sage ich. »Vielleicht auch übermorgen.«

»Warum nicht gleich?«, erwidert Ona, nimmt mir die T-Shirts aus der Hand und stopft sie in eine Plastiktüte.

»Weil... weil... weil...«, stammele ich.

»Es dir peinlich ist?«, versucht sie mir auf die Sprünge zu helfen.

»Nein!«, rufe ich und das ist keine Lüge.

»Jetzt sag bloß nicht, weil du gerade keine Lust dazu hast«, fährt sie mich an.

»Nein!«, rufe ich noch einmal und zermartere mir das Gehirn nach einer Ausrede, die Onas Zustimmung finden würde. Schließlich kann ich ihr nicht sagen, dass es mich nicht einmal einen Wimpernschlag kostet, die T-Shirts an ihren Platz zurückzulegen. Ohne großartiges Tamtam, ohne Aufregung oder irgendeine dusselige Entschuldigung.

Doch zum Glück brauche ich mir gar nichts einfallen zu lassen, denn plötzlich stehen Onas Freundinnen in der Terrassentür und beenden das Thema auf ihre Weise.

»Haben wir es uns doch gedacht!« Die schlaksige Alix ruckelt triumphierend an ihrer Brille und Billie nickt bekräftigend. »Ginie ist überhaupt nicht dein Schutzengel.«

Ona lässt die Tüte mit den T-Shirts zu Boden fallen und sinkt stöhnend auf die Bettkante. »Hab ich das jemals behauptet?«

»Nee«, sagt Billie und richtet ihren Speckfinger auf mich. »Aber die da.«

»Du konntest sie ja auch nicht sehen«, tönt Alix. »Angeblich.«

»Ginie hat sich eben einen Spaß erlaubt«, erwidert Ona. »Na und?«

»Hm, sehr spaßig. Wirklich«, sagt Billie.

»Vor allem, weil du es wahrscheinlich mit ihr zusammen ausgeheckt hast«, setzt Alix hinzu.

»Das stimmt nicht«, sage ich. »Es war allein meine Idee. Ona war genauso überrascht wie ihr.«

»Sie hat das Spiel mitgespielt«, entgegnet Alix. »Das ist ja wohl das Entscheidende.«

»Genau«, sagt Billie, deren Haare heute wie rote Blütenblätter vom Kopf abstehen. »Sie hat sich auf deine Seite gestellt. Gegen uns.«

»Mann!«, ruft Ona. »Es war doch bloß ein Scherz.« Sie saust in die Höhe und schaut zwischen ihren Freundinnen hin und her. »Kapiert ihr denn nicht? Es war überhaupt nicht böse gemeint.«

»Das sagtest du schon«, erwidert Alix. »Und Billie und ich haben gesagt, dass wir es nicht lustig finden. Wir glauben nämlich, dass du dich heimlich mit Ginie angefreundet hast.«

»Genau.« Wieder nickt Billie heftig mit dem Kopf. »Und deshalb haben wir beschlossen, euch zu überrumpeln. Wir haben uns angeschlichen und konnten schon draußen hören, dass ihr miteinander redet«, sagt sie und deutet in den Garten hinaus.

Na super! Hoffentlich haben sie nicht verstanden, worüber.

»Ich gratuliere auch schön«, brummt Ona. »Ihr seid echt tolle Freundinnen.«

»Jetzt dreh den Spieß mal nicht um, ja«, meckert Alix los. »Du hast uns zuerst an der Nase herumgeführt. Du bist hier die tolle Freundin. Wolltest lieber ein Geheimnis mit Ginie haben als mit uns.«

»Quatsch«, sagt Ona wütend. »Irgendwann hätte ich es euch schon noch gesagt.«

»Ja, ja!«, knurrt Billie.

»Warum glaubt ihr mir das nicht?«, erwidert Ona, die mittlerweile aus allen Poren qualmt. Fast könnte man den Eindruck haben, dass sie ihren Freundinnen jeden Moment an den Hals springen will.

Na ja, mir kommt dieser Streit ganz recht, denn

so kann ich die Gelegenheit nutzen und die T-Shirts rasch ins Paradies zurückzwinkern und die leere Tüte ebenso unauffällig entsorgen.

»Warum wohl?«, faucht Alix. Sie wendet sich Billie zu. »Hast du jemals so eine scheinheilige Kuh gesehen?«, poltert sie. »Tut so, als wär sie ein kleines süßes Unschuldslamm. Dabei hat sie es faustdick hinter den Ohren.«

Ona schluckt. Plötzlich ist sie kreideweiß im Gesicht.

Auch ich bin empört. Eigentlich kann ich diese Gemeinheiten nicht auf ihr sitzen lassen. Doch was nützt es meiner Herrin, wenn ich sie jetzt verteidige? Es würde Alix und Billie nur noch wütender machen.

Nein, ich halte Ablenkung für die klügere Alternative und finde, dass der Augenblick für eine Wunscherfüllung der besonderen Art gar nicht besser sein könnte.

Ich brauche keine zehn Sekunden, um alles zu arrangieren.

Billie öffnet gerade den Mund, wahrscheinlich um Alix beizupflichten, da klopft es an der Zimmertür.

»Ona, Besuch für dich!«, ruft Frau Berlebitz.

Erstaunen breitet sich auf dem Gesicht meiner Gebieterin aus und Billie sagt: »Na, da bin ich aber mal gespannt, wie viele Schutzengel du noch so auf Lager hast.«

»Überhaupt keinen«, sagt Ona und ruft: »Wer ist es denn?«

»Ein Julius«, ist die Antwort ihrer Mutter.

»Was?« haucht Ona.

Sie starrt mich an und schüttelt kaum merklich den Kopf. Ihre Gesichtshaut ist so weiß, dass ihre Sommersprossen wie winzige dunkle Käfer daraus hervorspringen.

»Doch nicht *der* Julius?«, fragt Alix noch, da springt die Tür auch schon auf und genau *der* Julius spaziert zu uns ins Zimmer.

»Ich hoffe, die Unordnung hält sich in Grenzen«, sagt Onas Mutter aus dem Hintergrund, dann wird die Tür bereits wieder zugezogen.

»Hallo«, sagt Julius und lächelt Ona an.

»Äh ... Hallo«, krächzt sie und schaut sich Hilfe suchend nach mir um.

»Kann ich dich mal kurz sprechen?«, fragt Julius.

Er hat kurze hellblonde Haare, ein hübsches, etwas kantiges Gesicht und ein wenig schmale, aber wunderschöne tiefblaue Strahleaugen.

Ona zuckt mit den Schultern und linst halbwegs gekonnt an ihm vorbei. »Klar doch.«

»Ich meine allein«, sagt Julius. »Vielleicht könnten wir zusammen in den Garten hinausgehen.«

Wow! Der ist ja ein richtiger Romantiker. Meinetwegen hätte er diesen überflüssigen Schnörkel aber auch lassen und gleich zur Sache kommen können.

»Okay«, krächzt Ona und bewegt sich ein wenig umständlich an Alix und Billie vorbei auf die Terrassentür zu.

Julius folgt ihr auf dem Fuß und kaum sind sie draußen, da schlingt er ihr auch schon die Arme um die Schultern, drückt sie auf die Liege hinunter und presst seinen Mund auf ihre Lippen.

Alix und Billie, die sich langsam um die eigene Achse gedreht haben, glotzen fassungslos hinaus.

»Das glaub ich jetzt nicht«, stößt Alix hervor. »Das hätte ich ihr niemals zugetraut.«

»Die hat ja nicht alle Tassen im Schrank«, haucht Billie. »Wie kann sie sich bloß so abschlabbern lassen! Noch dazu von einem Jungen!«

Klar, ihr wäre ein Zottelmonster bestimmt lieber gewesen. Doch leider hätte das nicht den gewünschten Effekt gehabt. Denn just in diesem Moment tritt Luca höchstpersönlich und damit Teil zwei der Wunscherfüllung auf den Plan.

Wie aus dem Nichts geschält taucht er plötzlich mitten auf dem Rasen auf. Als er Ona in Julius' Umklammerung sieht, weiten sich seine Augen vor Entsetzen.

Billie stößt einen schrillen Schrei aus und Julius und Ona fahren wie vom Blitz getroffen auseinander. Luca dreht sich um, stolpert und rast dann wie von der Tarantel gestochen davon. Und auf einmal steht auch noch völlig unplanmäßig Onas Mutter auf der Bühne und brüllt:

»Was ist hier eigentlich los?«

Wieder einmal packe ich die Gelegenheit beim Schopf und nutze den Tumult, um mich klammheimlich zu verdünnisieren. Da Ona mir für das Verbleiben in ihrem Zimmer keine zeitliche Begrenzung gesetzt hat, plagt mich auch kein schlechtes Gewissen, als ich Luca hinterhereile. Ohnehin ist Ona jetzt erst mal derart geplättet, dass ihr meine Abwesenheit gar nicht auffallen wird.

Auch Luca macht einen ziemlich verwirrten Eindruck. Völlig planlos irrt er durch die Wohnsiedlung, schaut mal hier in eine Querstraße oder stoppt mal dort und kratzt sich kopfschüttelnd an der Stirn.

Natürlich hat er nicht die geringste Ahnung, wie er hierhergeraten ist. Und damit er sich womöglich nicht noch völlig verläuft, zeige ich ein Herz und verfrachte ihn – hast du nicht gesehen – an seine Lieblingsstelle an den Strand.

Verwundert hebt er den Kopf und blinzelt in die Sonne.

»Hi«, sage ich, denn logischerweise bin auch ich ganz zufällig ebenfalls hier.

»Hallo«, erwidert er und reibt sich über die Augen. »Entschuldige, aber ich glaube, ich bin eingenickt.«

»Dafür siehst du aber ziemlich munter aus«, entgegne ich fröhlich und setze mich auf einen Stein dicht neben ihn.

»Na ja.« Er zuckt die Achseln. »Ehrlich gesagt habe ich einen richtigen Brummschädel. Und schlecht geträumt habe ich auch.«

»Oje«, sage ich. »Erzählst du mir, wovon?«

Er wirft mir einen kurzen Seitenblick zu. »Ich weiß nicht …«

»So schlimm?«, frage ich.

Luca nickt. »Es war irgendwie so real.«

»Hm.« Ich setze meine berühmte Unschuldsmiene auf. »Was denn?«

Luca starrt vor sich hin. »Ich weiß wirklich nicht, ob ich mit dir darüber reden soll«, meint er schließlich, greift nach einem Holzstock und stochert damit zwischen den Steinen.

»Warum denn nicht?«, frage ich. »Glaubst du etwa, ich posaune es in der Gegend herum?«

»Nein, aber …« Wieder sieht er mich an. Diesmal etwas länger und mir wird ziemlich warm davon. »Du bist doch Onas Freundin, oder nicht?«

»Klar bin ich das.«

»Siehst du«, sagt Luca. »Um sie geht es nämlich.«

»Oh, du hast also von Ona geträumt!«, rufe ich möglichst erstaunt.

»Ja, aber nichts Gutes.«

»Verstehe ich nicht«, sage ich. »Ona ist doch ein nettes Mädchen.«

»Und hübsch, ja.« Luca seufzt.

»Oh, du findest sie hübsch!« Jetzt bin ich tatsächlich erstaunt.

»Natürlich. Ich finde sie unglaublich süß … Trotz der Sache mit ihren Sommersprossen«, platzt er heraus. Dann bricht er plötzlich ab und sieht mich erschrocken an. »Du wirst es ihr doch nicht erzählen, oder?«

Ich hebe meine Hand zum Schwur. »Niemals!« – Wenn ich wirklich etwas versprechen kann, dann das!

Luca schüttelt ungläubig den Kopf. »Obwohl sie deine Freundin ist?«

»Na ja«, sage ich. »So dicke sind wir nun auch wieder nicht.«

Meine eigenen Worte klingen mir in den Ohren nach, als ob sie mich beschimpfen würden, und mit einem Schlag ist mir ganz komisch zumute. Obwohl ich mir doch eigentlich nichts mehr wünsche, als mit Luca zusammen zu sein, möchte ich jetzt plötzlich nur noch weg.

Vielleicht hat Ona mich gerufen, denke ich schon. Aber das ist es nicht. Wenn sie mich bei sich haben will, zerrt es an mir wie ein Magnet. Doch dieses Wegwollen hier fühlt sich völlig anders an. Es verwirrt mich, und dann beginne ich auch noch, mir Sorgen um sie zu machen. Habe ich es mit meiner letzten Wunscherfüllung vielleicht doch ein wenig übertrieben? Kann es sein, dass Ona mich durchschaut hat und nun alles vorbei ist und ich jeden Augenblick in meine Schule zurückbeordert werde?

Vorsichtig hebe ich den Blick zum Himmel. Kann ich ohne das alberne Gurkenglas überhaupt nach Hause zurück? Hat es mich deshalb daran gehindert, es zu zerdeppern? Ist die Flaschengeistschule überhaupt mein Zuhause oder kann ich vielleicht doch für immer auf der Erde bleiben? – Ich habe wirklich keine Ahnung!

»Was ist los mit dir?«, fragt Luca. »Du bist auf einmal so still.«

»Ich hab bloß über etwas nachgedacht«, sage ich.

»Über Ona und dich?«

»Nein. Jedenfalls nicht direkt.«

Luca nickt und stochert weiter mit seinem Stock in den Ritzen herum.

»Eine Zeit lang war sie jeden Tag hier am Strand«, sagt er plötzlich. »Zusammen mit diesen beiden anderen Mädchen. Eigentlich dachte ich …« Er bricht ab und dreht den Stock zwischen seinen Fingern hin und her.

»Was dachtest du?«

»Dass sie meinetwegen kommen«, presst er mühsam hervor. »Dass Ona … Ach verdammte Hacke!«

Er schnellt hoch, hebt den Stock über seine Schulter und wirft ihn wie einen Speer einige Meter über den Strand, wo er in einem Haufen Engelsmuscheln liegen bleibt. »Jetzt bist du da und auf einmal ist alles anders.«

Es klingt wie ein Vorwurf, den ich nicht auf mir sitzen lassen will.

»Aber ich bin doch nicht schuld!«, rufe ich empört. »Und woran überhaupt? Dass du komische Träume hast?«

Luca lässt die Arme sinken. »Nein«, sagt er. »Oder

vielleicht doch.« Er rauft sich die Haare. »Ich weiß es nicht.«

»Dann geht es dir so ähnlich wie mir«, entgegne ich und jetzt nehme ich meinen ganzen Mut zusammen. »Ich bin ziemlich gerne mit dir zusammen.«

Luca nickt. Er atmet einmal tief durch. »Ich sag dir jetzt, was ich geträumt hab. Ich hab geträumt, dass Ona einen anderen küsst.«

»Oh«, sage ich. »Und nun bist du traurig.«

»Ja. Und wütend. Kapierst du? Ich ärgere mich darüber, dass ich so was träume. Denn eigentlich wollte ich es sein, der Ona küsst. – Oh verdammt, jetzt weißt du's!«

»Ich verrate es ihr nicht«, sage ich schnell. »Versprochen!«

»Gut.« Wieder nickt Luca. Er sieht erleichtert aus. »Mittlerweile weiß ich nämlich gar nicht mehr, ob ich es noch will.«

»Oh«, sage ich. Mein Herz klopft wie wild. »Und warum nicht?«

»Deinetwegen natürlich!«, brüllt er mich an. »Hab ich das nicht eben schon gesagt? Dass auf einmal alles anders ist? Und hast du nicht geantwortet, dass du gern mit mir zusammen bist?«

»Schon. Aber deswegen musst du mich doch nicht so anschreien.«

»Ja, verdammt! Das weiß ich doch!« Er hebt einen Stein auf und schleudert ihn auf den Strand. Pock!, macht es und Sand spritzt in alle Richtungen.

Ich strecke meine Hand aus und berühre ihn sachte am Arm. Obwohl ich Ona schon einige Male umarmt habe, bin ich erstaunt, wie warm er sich anfühlt und wie weich. So weich, dass meine Fingerspitzen fast in seiner Haut versinken.

Luca zuckt zusammen und zieht seinen Arm zurück.

»Du bist ja eiskalt!«

»Was? Ich?«

»Ja, du.« Luca lächelt. »Du musst entsetzlich frieren. Und du hast noch nicht mal Gänsehaut.«

»Nein«, sage ich, dabei weiß ich gar nicht, was das ist. – Gänsehaut! Ich dachte eigentlich, diese Tiere haben Federn. Na ja, es gibt so vieles, was ich nicht weiß. Aber ich bin sicher, dass ich all das von Luca lernen kann.

»Wie wär's, wenn ich jetzt jeden Tag hierherkomme?«, frage ich leise.

»Das wär schön«, sagt Luca ebenso leise.

Er hebt die Arme und hält mir seine Handflächen entgegen. Ganz vorsichtig, so, als würde ich ihn fast gar nicht berühren, lege ich meine Hände dagegen.

»Du bist so anders«, murmelt er. »Noch nie konnte ich mit einem Mädchen so gut reden wie mit dir. Ich habe das Gefühl, du verstehst mich und ...«

Onas Schrei reißt mich von den Steinen. Ich kann gerade noch: »Bis morgen! Warte hier auf mich!«, rufen, dann eile ich bereits über den Strand davon.

Ich rase wie der Blitz. Meine Fußsohlen berühren kaum den Boden, beinahe fliege ich.

»Und? Geht es dir jetzt besser?«

Es ist Josha, der mich das fragt. Er rennt neben mir über den Steinwall und er fliegt ebenso schnell dahin wie ich.

Ich möchte anhalten, aber Onas Ruf zerrt dermaßen stark an mir, dass ich immer schneller laufen muss.

»Verflucht noch mal, wer bist du?«, zische ich.

Josha grinst. »Dreimal darfst du raten.«

»Ach, lass mich doch in Ruhe!«

»Das würde ich nur zu gern«, erwidert er. »Aber leider geht das nicht.«

»Und warum nicht?« – Wusch!, macht es. Josha verschwindet. Alles wird schwarz um mich herum und eine Sekunde später finde ich mich in einem unbekannten Zimmer wieder.

In der Klemme

»Du willst mir doch wohl nicht erzählen, dass du nicht weißt, was du tust«, höre ich Frau Berlebitz zetern. »Nie und nimmer glaube ich, dass dieser Junge einfach so über dich hergefallen ist und …« Den Rest empfindet sie offenbar als derart ungeheuerlich, dass sie ihn nicht aussprechen mag. Plötzlich stutzt sie und ruft: »Oh, du bist ja auch noch da!«

Ona, die wie ein Häufchen Elend in einem riesigen Sessel hockt, dreht sich zu mir um.

»Oh, Ginie, wie …?« Sie beißt sich auf die Lippen und wirft ihrer Mutter einen unsicheren Blick zu.

»Du scheinst hier ein und aus zu gehen, wie es dir gefällt«, sagt die zu mir. »Ich würde gerne einmal mit deinen Eltern reden.«

»Was?«, ruft Ona. »Warum denn das?«

»Ja, warum denn nicht?«, erwidert Frau Berlebitz und mustert ihre Tochter kritisch. »Hast du etwa Angst, dass ich dort Dinge erfahren könnte, die dir Unannehmlichkeiten bereiten könnten?«

»Bestimmt nicht«, komme ich meiner Herrin zuvor.

»Bei mir daheim ist alles in bester Ordnung. Wenn man davon absieht, dass meine Eltern schon lange tot sind und ich bei meinem Onkel wohne.«

»Oh!«, ruft Onas Mutter. »Ginie, mein Gott, das tut mir wirklich leid. Wenn ich das geahnt hätte …«

»Schon gut«, entgegne ich. »Für mich ist das kein Problem. Ich habe meine Eltern gar nicht mehr kennengelernt. Mein Onkel ist zwar etwas merkwürdig, aber ganz okay.«

»Merkwürdig, so, so.« Frau Berlebitz seufzt. »Was auch immer das heißen mag.«

»Du brauchst dir wirklich keine Sorgen zu machen, Mama«, mischt sich Ona ein. »Killers Herrchen ist Ginies Onkel!«

Oh nein! Der mahnende Blick, den ich meiner ehrenwerten Gebieterin noch zuwerfe, verfehlt sein Ziel auf ganzer Linie. Ona sieht mich stirnrunzelnd an. Was hab ich denn jetzt schon wieder falsch gemacht?, scheint sie mich zu fragen.

Erklär ich dir später, forme ich lautlos mit den Lippen.

Okay, gibt Ona ebenso lautlos zurück.

»Nun gut. Aber zurück zu den Vorfällen in unserem Garten«, sagt Frau Berlebitz und klingt nun wieder furchtbar streng. »Es muss dir doch klar sein, dass ich so etwas nicht dulden kann. In deinem Alter!«

»Mama, wie oft soll ich es dir denn noch sagen«, beschwört Ona ihre Mutter. »Ich kann überhaupt nichts dafür! Julius hat mich völlig überrumpelt.«

»Erzähl mir nichts«, erwidert Frau Berlebitz. »Der Junge war kaum älter als du.«

»Aber er hat es faustdick hinter den Ohren«, sage ich und Ona nickt mir dankbar zu.

Ihre Mutter seufzt. »Trotzdem«, beharrt sie. »Ich kann dir diese Geschichte nicht so einfach durchgehen lassen. Was sollen denn die Nachbarn denken?«

»Ach, die konnten das doch gar nicht sehen«, erwidert Ona.

»Jetzt werd mal nicht frech, mein Kind«, sagt Frau Berlebitz. »Das kannst du dir im Augenblick gar nicht leisten.«

»Ja, sehen Sie denn nicht, dass Ona total geschockt ist«, verteidige ich meine Herrin.

Diese ungerechte Behandlung kann ich nicht hinnehmen. Zumal Ona sich all das genau genommen ja nicht wirklich gewünscht hat.

»Nein, das sehe ich nicht«, entgegnet Frau Berlebitz. »Sie ist ein wenig kleinlaut. Das wäre ich an ihrer Stelle allerdings auch. Nein, nein. Es bleibt dabei: Ona hat bis nächsten Montag Hausarrest. Und solange möchte ich weder diesen Julius noch Alix und Billie oder dich, meine liebe Ginie, hier auf unserem Grundstück sehen.«

»Ich verstehe das alles nicht«, jault Ona in ihr Kopfkissen. »Warum kann ich nicht einfach aufwachen und der ganze Spuk ist vorbei? Ach, Ginie, ich wünschte, du wärst hier und könntest es mir erklären.«

»Ich bin doch hier«, sage ich leise.

Augenblicklich sitzt Ona kerzengerade im Bett. »Wo?«, wispert sie. »Wo bist du?«

»Hier«, sage ich und krieche hinter dem Schreibtisch hervor, unter dem ich mich bis in die späten Abendstunden versteckt und Ona beim Heulen und Fluchen zugehört habe.

»Ginie!«, ruft sie, schlägt die Bettdecke zurück und springt auf mich zu. »Bist du verrückt! Was machst du hier?«

»Bei dir sein«, sage ich.

»Aber meine Mutter… Wenn die dich entdeckt, dann…«

»Deine Mutter ist mir schnurz«, erwidere ich. »Oder glaubst du etwa, ich würde dich jetzt allein lassen? Im Gegenteil, ich bin nicht eine Sekunde weg gewesen. Gleich nachdem du die Standpauke bekommen hast, bin ich in dein Zimmer geschlichen und habe darauf gewartet, dass du mich bei dir haben willst.«

Ona sinkt neben mich auf den Boden und schlingt mir ihre Arme um den Hals. »Du bist die Allerallerbeste!«, säuselt sie mir ins Ohr.

Ihr warmer Atem streicht über meinen Hals und ihre warme Haut treibt mir die Schweißperlen auf die Stirn.

Unwillkürlich muss ich an Luca und unsere Berührung denken. Der ist vor Schreck, dass ich eiskalt bin, sogar zusammengezuckt. Ona hingegen scheint das gar nicht so zu empfinden.

»Trotzdem verstehe ich das alles nicht«, flüstert sie.

»Ich auch nicht«, sage ich ehrlich verwirrt, aber natürlich meine ich etwas völlig anderes als sie.

»Ich habe noch einmal nachgedacht«, sagt Ona. »Seitdem du hier bist, gehen alle meine Wünsche in Erfüllung. Es ist wie Magie. – Böse Magie«, fügt sie unheilschwanger hinzu.

»Ach, das bildest du dir doch bloß ein«, widerspreche ich. »Schließlich gibt es auch Wünsche, die noch nicht wahr geworden sind.«

Ona schüttelt entschieden den Kopf, doch dann stutzt sie. »Du hast recht«, sagt sie. »Eigentlich wollte ich einen Kuss von Luca. Und den habe ich nicht bekommen.«

»Siehst du«, triumphiere ich. »Von Magie nicht die leiseste Spur.«

»Das wollen wir doch mal sehen«, erwidert Ona und ballt entschlossen die Fäuste. »Luca hat mich heute mit Julius gesehen und …«

»Genau«, falle ich ihr ins Wort. »Er hat gesehen, dass du einen anderen hast. Jetzt will er dich bestimmt nicht mehr küssen. Schon gar nicht, da er doch diese Freundin hat.«

»Ja, vielleicht«, lenkt Ona ein. »Vielleicht habe ich jetzt tatsächlich überhaupt keine Chance mehr bei ihm.«

Einen Moment lang sieht sie total zerknirscht aus, doch dann stiehlt sich wieder die wilde Entschlossenheit in ihr Gesicht zurück. »Ginie, ich werde alles auf eine Karte setzen«, eröffnet sie mir. »Ich will jetzt wissen, ob hier Magie im Spiel ist oder nicht. Und deshalb wünsche ich mir einen Kuss von Luca. Und nicht nur das: Ich möchte, dass er mich fragt, ob ich mit ihm zusammen sein will.«

Hallo! Was soll denn dieses ständige Hin und Her? Einmal will sie geküsst werden, dann ist es ihr plötzlich peinlich, in einen hübschen Jungen wie Luca oder den Sohn von diesem George Cloony verliebt zu sein, und jetzt macht sie nicht nur die totale Kehrtwende, sondern setzt zu allem Überfluss noch eins drauf.

»Du bist ja nicht gerade bescheiden«, sage ich mürrisch und hoffe, dass meine liebe Ona auf der Stelle wieder vernünftig wird. – Doch Pustekuchen!

»Na und?«, erwidert sie nämlich. »Ich habe mich bisher immer mit allem zufriedengegeben. Und wenn es hart auf hart kam, habe ich mich nie wirklich getraut. Immer habe ich Alix und Billie vorgeschickt. Oder dich. Aber damit ist jetzt Schluss!«

Oje, das klingt aber gar nicht gut.

Plötzlich bin ich heilfroh, dass Ona ein paar Tage in der Bude hocken muss. So bleibt mir genügend Zeit, das Blatt vielleicht doch noch zu wenden.

Als Ona am nächsten Morgen die Augen aufschlägt, bin ich längst über alle Berge. Zunächst treibe ich mich in der Nähe ihrer Schule herum und stelle fest, dass zwischen ihr und Billie und Alix noch immer dicke Luft herrscht.

Im Gegensatz zu den beiden scheint es Ona aber nicht viel auszumachen. Während Alix und Billie ganz offensichtlich noch immer auf eine Entschuldigung lauern, verhält meine Gebieterin sich ihnen gegenüber ganz normal und tut so, als ob nie etwas zwischen ihnen vorgefallen wäre.

Das können ihre feinen Freundinnen natürlich nicht hinnehmen, und so kommt es, wie es kommen muss: Vor Wut über Onas Gleichmut verkünden sie in der ersten großen Pause die Sensation vom Vortag und die verbreitet sich prompt wie ein Lauffeuer in der ganzen Schule. Schon bald wird an jeder Ecke darüber getuschelt: Habt ihr schon gehört? Julius und Ona haben wild geknutscht. Ob die beiden nun wohl ein Paar sind?

Am liebsten würde ich anstelle meiner Herrin im Boden versinken. Ona tut mir wirklich schrecklich leid. Dabei könnte sie diesem Spießrutenlauf mit nur einem einzigen klitzekleinen Wunsch ein Ende bereiten. Doch sie scheint nicht einmal daran zu denken. Im Gegenteil: Noch vor Beginn der dritten Unterrichtsstunde marschiert sie strammen Schrittes und mit mindestens der Hälfte der Unterstufenschülerinnen auf den Fersen in Julius' Klassenraum. Dort baut sie sich vor ihm auf und schmettert ihm unmissverständlich ins Gesicht:

»Ich finde dich sehr nett, Julius Lienhardt. Aber ich möchte nie wieder von dir geküsst werden. Ist das klar?«

Julius, dem augenblicklich sämtliche Farbe aus dem Gesicht weicht, schielt schuldbewusst zu ihr hinauf. »T-t-tut mir l-leid«, stottert er. »A-ber ich weiß auch nicht, w-was d-da über mich gekommen ist.«

Ona schüttelt unwillig den Kopf. »Ob das klar ist, will ich wissen!«

Julius senkt den Kopf und nickt.

»Gut«, sagt Ona und streckt ihm ihre Hand entgegen. »Dann schlag ein.«

»W-wie?«, stammelt Julius, und als er auf diese ziemlich dusselige Frage keine Antwort bekommt, ergreift er schließlich zögernd Onas Hand.

»Freunde?«, fragt sie und lächelt ihn offen an.

Julius lächelt ebenfalls. »Okay, Freunde«, sagt er.

»Gut«, wiederholt Ona. Sie nickt Julius noch einmal zufrieden zu und wendet sich dann an ihre Mitschülerinnen. »Okay, Mädels«, sagt sie. »Damit wäre er also wieder zu haben.«

Wie auf Kommando laufen alle knallrot an. Es ist ein göttlicher Anblick, den Ona leider nicht genießen kann, da sie bereits auf den Gang hinausgerauscht ist.

Ich schaffe es in buchstäblich letzter Sekunde, in eine Nische hinter der Tür abzutauchen, sonst hätte sie mich womöglich noch bemerkt. Erst als sich alle Lehrer eingefunden haben und sämtliche Klassentüren geschlossen sind, wage ich mich wieder aus meinem Versteck hervor. Ich beschleunige mein Tempo und sehe zu, dass ich so schnell wie möglich zum Strand komme.

Natürlich wird es noch eine Weile dauern, bis Luca hier auftaucht. Aber ich werde die Zeit schon herumkriegen. Es gibt schließlich eine Menge Dinge, über die ich nachdenken muss. Und so hocke ich mich auf einen großen flachen Stein, der wie eine Insel mitten im Sand ruht, umschlinge meine Knie und blicke zum Horizont.

Das Meer liegt noch weit zurück und ist nur als schmaler dunkelblauer Streifen zu erkennen. Ich beuge mich vor, pule ein paar Engelsmuscheln aus dem Sand und lege sie wie eine Borte um die Steinkante.

Es ist schon irre, wie groß sie mir aus dem Glas heraus erschienen und wie klein sie dagegen jetzt sind. Ein wehes Gefühl beißt sich in meinem Herzen fest. Es kommt mir so vor, als ob die Zeit, die ich im Gurkenglas verbracht habe, schon sehr, sehr weit zurückliegt. Dabei wohne ich erst seit ein paar Tagen bei Ona.

Ach Ona! Wie sehr du dich verändert hast! Gestern noch vorsichtig und scheu und heute plötzlich so vorwitzig und selbstbewusst. Ich bin mir gar nicht sicher, ob mir das gefällt.

Wozu brauchst du mich denn überhaupt noch, wenn du alles alleine kannst, und dir nicht einmal mehr die Strafe, die deine Mutter dir aufgebrummt hat, etwas ausmacht?

Überflüssig zu sein, nee, nee, diese Vorstellung behagt mir nun wirklich nicht. Und damit meine Stimmung sich nicht noch völlig in eine dunkle Erdhöhle verkriecht, versuche ich lieber, mich auf Luca zu konzentrieren.

Ich sehe sein hübsches Gesicht und sein süßes Lächeln und schon schlägt mein Herz wieder ein paar Takte schneller. Oh, Luca, warum hast *du* mein Glas nicht geöffnet?

Es ist ungerecht, so himmelschreiend ungerecht! Warum muss ein Flaschengeist den Menschen dienen? Wieso darf er nicht selber Wünsche haben und sich diese auch erfüllen?

Menschen besitzen doch eigentlich schon alles, was sie brauchen: Häuser, Dinge und Freunde.

Ich dagegen habe gar nichts. Weder ein Haus noch irgendein Ding – ausgenommen die Sachen, die ich am Leib trage – und Freunde schon gar nicht. Romeo und Putilla hätten es für eine Weile sein können, aber eben auch nicht für immer.

Ein Flaschengeist ist dazu verdammt, allein zu sein. Allein wie ich auf einem großen flachen Stein im Sand. Niemand interessiert sich für mich. Die Leute, die vorbeischlendern, sammeln Muscheln und haben nicht einmal einen Blick für mich übrig.

Ich bin in der Welt, aber ich gehöre nicht dazu.

Es wäre völlig egal, wenn ich in dieser Sekunde verschwände. Niemand würde mich vermissen. Außer Ona vielleicht. Und Luca.

Hoffnungsvoll richte ich meinen Blick zum Landesinneren.

Doch es dauert noch eine Ewigkeit, bis ich ihn endlich über den Wall klettern sehe. Inzwischen hat das Meer meine Insel erreicht. Sanft platschen seine flachen Wellen gegen meinen flachen Stein. Ich halte eine Hand ins Wasser und zucke zurück. Es ist mir einfach zu nass.

»Hey, Ginie!«, ruft Luca und winkt mit beiden Armen.

Ich winke zurück und versuche, mich über ihn zu freuen. Ich freue mich ja auch, aber tief in meinem Inneren fühle ich mich schrecklich.

»Wartest du schon lange?«

»Nö, geht so«, sage ich.

Luca mustert mich forschend. »Was ist mit dir?«, will er wissen. »Warum bist du so traurig?«

»Bin ich doch gar nicht«, erwidere ich.

»Glaub ich dir nicht.« Luca bedeutet mir aufzustehen, und kaum habe ich mich hochgerappelt, da landet er auch schon vor meinen Füßen. »Hey«, sagt er leise. »Was ist los? Hast du Streit mit Ona?«

Ich schüttele den Kopf.

»Mit deinen Eltern? Oder der Schule?«

»Nein«, sage ich. »Ich habe keinen Ärger.«

Mit vorgerecktem Kinn sehe ich ihn trotzig an.

Luca streckt seine Hand aus und berührt meine Schulter. »Du bist so eisig kalt«, murmelt er. »Als ob du gar nicht richtig am Leben wärst… T-tut mir leid«, fügt er erschrocken hinzu. »Das wollte ich gar nicht sagen.«

»Du hast ja recht«, entgegne ich. »Ich bin kalt und das Meer ist schrecklich nass. Zumindest kommt es mir so vor. Keine Ahnung, wieso das so ist.«

Luca betrachtet mich nachdenklich.

»Du bist ziemlich seltsam, Ginie«, sagt er schließlich. »Ehrlich gesagt, bist du mir nicht ganz geheuer. Die Dinge, die du erzählst… zum Beispiel das über Onas Sommersprossen… und dann diese komische Kälte… Na ja, also, wenn du nicht so lieb wärst und so ganz besonders hübsch, dann hätte ich richtig Angst vor dir. Und außerdem…«, fügt er hinzu, ehe ich etwas entgegnen kann. »Ich glaube, du weißt ganz genau, was mit dir los ist.«

Ich schüttele den Kopf. Meine Augen brennen und meine Kehle fühlt sich an, als ob sie in einem viel zu engen Flaschenhals steckte. Ich möchte Luca anschreien, mich verteidigen, ihm sagen, wie toll ich bin, aber ich bringe keinen Ton über die Lippen. Luca dagegen scheint noch immer nicht fertig zu sein.

»Ich hab lange über dich nachgedacht«, sagt er jetzt. »Ich mag dich und ich fand es gestern sehr schön mit dir hier am Strand. Wenn du nicht so seltsam unwirklich und kalt wärst, wäre ich gerne mit dir befreundet. Aber so…«

Er sieht sich unschlüssig um.

»Was?«, frage ich mit zitternder Stimme.

»Ich möchte dich um einen Gefallen bitten.«

Seine Worte sind wie eine warme Sommerbrise. Meine Mundwinkel biegen sich ganz automatisch zu einem Lächeln nach oben. Oh, Luca, du weißt ja gar nicht, wie sehr ich darauf brenne, dir einen Herzenswunsch zu erfüllen! Denn dann wirst du bestimmt all deine Bedenken in den Wind schlagen und erkennen, dass ich völlig ungefährlich bin und für immer und ewig alles für dich tun würde.

»Was du willst«, sage ich und strahle ihn an.

»Es geht um Ona.«

»Ja …?«

Luca zögert kurz, dann wirft er einen Blick in den Himmel und seufzt.

»Ich habe echt keine Ahnung, was gestern mit mir los war«, beginnt er schließlich. »Du … du hast mich irgendwie verwirrt. Aber mittlerweile ist mir klar geworden, dass ich mich furchtbar gerne mit Ona treffen würde. – Allein.«

»Aha. Und warum?«

»Ich möchte sie etwas fragen«, sagt Luca. Noch immer kann er mir nicht richtig in die Augen sehen.

»Und was?«

»Verdammt noch mal, Ginie!«, fährt er mich an. »Es fällt mir wirklich schwer, dich darum zu bitten. Aber ich weiß nicht, wie ich sonst an sie herankommen soll. Bis gestern ist sie jeden Tag hier am Strand gewesen. Ich habe das komische Gefühl, dass ich sie nie wieder sehen werde, wenn …«

»Wenn was?«, frage ich lauernd.

»Wenn ich dich nicht darum bitte, sie zu fragen, ob sie mich nur noch ein einziges Mal treffen will.«

»Damit könntest du richtig liegen«, sage ich und zaubere einen hinreißenden Schmachtblick in mein Gesicht. »Ich finde es nur ein bisschen viel verlangt«, säusele ich. »Schließlich mag ich dich auch, Luca. Sehr sogar. Du könntest viel mehr davon haben, wenn du mit mir zusammen wärst. Ona denkt auch an andere Jungs. Und du bist doch viel zu schade, um nur einer von vielen zu sein.«

Ich sehe das unsichere Flackern in seinen Augen, und ich spüre, dass nun wirklich nicht mehr viel fehlt, bis er seinen Widerstand aufgibt.

Forsch mache ich einen Schritt auf ihn zu, schließe die Augen und recke ihm meinen Kussmund entgegen.

Jetzt mach schon, Luca, fass dir endlich ein Herz! Du wirst es nicht bereuen.

Sehnsüchtig warte ich darauf, dass seine Lippen meine berühren. Da ertönt hinter mir ein blödes, albernes Kichern.

Ich reiße die Augen auf und wirbele herum. Nur wenige Schritte von Lucas und meiner Insel entfernt bemerke ich Billie und Alix. Sie haben ihre Jeans hochgekrempelt und stehen bis zu den Knöcheln im Wasser.

»Was macht ihr denn hier?«, fahre ich sie an.

»Spazieren gehen«, meint Alix schulterzuckend. »Muscheln sammeln.«

Billie ist knallrot im Gesicht und hält sich prustend eine Hand vor den Mund.

»Mann, ihr seid vielleicht blöd«, sage ich zornig. »Dumme, alberne Gänse. Ona hat ganz recht damit, dass sie nichts mehr mit euch zu tun haben will.«

Alix' Augen werden schmal. »Und was ist mit dir?«, zischt sie. »Du bist wohl ihre allerbeste Freundin, was?«

Billie nickt. Sie lässt die Hand sinken und schaut mit einem Mal ernst und wütend aus. »Du bist eine ganz gemeine Hexe«, faucht sie. »So fies wie du würden wir nie, nie, niemals sein!«

Kein Zurück

Ich bin so froh und so dankbar!

Okay, Luca hat mich nicht geküsst. Er hat sich auch nicht verabschiedet. Eigentlich hat er mich nicht einmal mehr richtig angesehen, sondern ist einfach vom Stein gesprungen und in langen Sätzen über den Steinwall davongelaufen.

Egal.

Im Augenblick zählt nur, dass Alix und Billie mit Ona verkracht sind. Sie werden ihr bestimmt nicht auf die Nase binden, was sie beobachtet haben. Und selbst wenn sie es wollten, bin ich immer noch schneller als sie. Ich werde zuerst bei Ona sein und ihr alles erklären.

»Aber die Wahrheit wirst du ihr wohl wieder nicht sagen«, höre ich Joshas Stimme in meinem Ohr.

Ich brauche mich nicht umzuwenden, ich weiß auch so, dass er da ist. Nebeneinander rasen wir durch die Luft, so schnell, dass kein Mensch uns bemerkt.

»Sag mir endlich, wer du bist«, presse ich hervor.

Josha lacht. »Wieso? Du weißt es doch.«

»Nein, keine Ahnung!«

»Dann denk mal ein bisschen nach!«

»Pah!«, schnaube ich. »Ehrlich gesagt, es interessiert mich gar nicht.«

Josha kichert leise in sich hinein. »Und wieso fragst du dann dauernd?«

»Das war bloß der Schreck«, entgegne ich harsch.

»Weil ich so plötzlich neben dir war?«, erwidert er neckisch. »Und weil ich genauso flink bin wie du?«

»Pah!«, mache ich noch einmal und versuche, schneller zu sein als er. Doch es gelingt mir nicht. Josha bleibt an meiner Seite, als ob wir durch ein unsichtbares Seil miteinander verbunden wären.

»Was willst du von mir?«, fauche ich ihn an. »Mich bis an mein Lebensende verfolgen?«

»Schon möglich.«

Josha zwinkert mir zu. Er winkelt die Arme an und hebt sie vor seine Brust. Breit grinsend fängt er an, sich um sich selbst zu drehen. Schneller und immer schneller, bis nur noch ein Kreisel aus bunten Schlieren von ihm übrig ist. Und dann – mit einem leisen Zwiiisch – ist er verschwunden.

Ich mache eine Vollbremsung und lande keuchend in Onas Garten.

Mein Herz rast und in den Ohren höre ich mein Blut pulsieren. Trotzdem ist mir eiskalt. Ich bibbere und klappere am ganzen Körper. So elend habe ich mich noch nie gefühlt und schuld daran ist nur dieser vermaledeite Josha. Ich schließe die Augen und stoße ein dunkles Grollen aus, das prompt mit einem wütenden Fauchen beantwortet wird.

Louie. – Natürlich! Er hockt direkt über mir auf dem Verandadach und blitzt mich aus seinen schmalen grünen Augen misstrauisch an.

»Hau ab, Kater«, knurre ich. »Lass mich in Ruhe! Ich habe keine Lust mehr, nur noch von Wesen umgeben zu sein, die mich nicht ausstehen können.«

Ich starre in Louies schwarzes haariges Gesicht und schlagartig wird mir klar, wer Josha sein könnte. Denn genau genommen gibt es nur zwei Möglichkeiten: Entweder hat Madame Ludmille ihn mir auf den Hals gehetzt, um mich zu kontrollieren, oder – und das ist bei näherer Betrachtung viel wahrscheinlicher – er ist Lucas Wunschgeist!

Ich lehne mich gegen das mit blauvioletten Blüten bewachsene Rankgitter und versuche, meine Gedanken zu ordnen. Je länger ich über die Bedeutung meiner Erkenntnis nachsinne, umso bewusster wird mir, welch ein Glück ich bisher hatte. Denn wäre Josha mir mit Lucas Wunscherfüllung zuvorgekommen, wären er und Ona schon lange ein Paar.

Der Umstand jedoch, dass es mir gelungen ist, Ona zu verunsichern und gleichzeitig Luca für mich einzunehmen, beweist doch, wie unbedacht manche Wünsche sind.

Nein, es führt kein Weg daran vorbei: Ich muss mit meiner Herrin reden. Früher oder später wird sie es sowieso erfahren. Ich kann mir nämlich nicht vorstellen, dass Alix und Billie auf ewig ihr Lästermaul halten. Und da ist es schon besser, wenn Ona von mir erfährt, dass ich Luca mindestens ebenso gern mag wie sie ihn.

Ona ist ein feiner Kerl, sie wird ihn mir gönnen. Da bin ich ganz sicher. Außerdem kann sie sich schließlich jederzeit einen anderen wünschen.

Ein sanfter Freudenstrahl durchflutet mich und lässt meinen Herzschlag allmählich zur Ruhe kommen. Heya, das Leben ist gar nicht so kompliziert, wenn man die Lösung kennt: Sobald Ona sich Luca aus dem Kopf geschlagen hat und sich womöglich sogar wünscht, dass ich mit ihm glücklich werde, und Luca seinerseits endlich kapiert, dass ich ihm nur deshalb nicht geheuer bin, weil er in mich verknallt ist, dann wird Josha ein ziemlich dummes Gesicht machen. Und darauf freue ich mich schon jetzt.

Ona hockt im Schneidersitz auf ihrem Bett und starrt vor sich hin. Ihr Zimmer ist perfekt aufgeräumt. Nicht eine Münze, Haarspange oder Muschel liegt auf dem Boden herum. Alles scheint an seinem Platz zu sein.

»Hi«, sage ich und setze mich zu ihr auf die Bettkante.

Ona richtet ihre dunklen Augen auf mich.

»Hau ab«, sagt sie. »Verpiss dich!«

»Aber …«, wende ich überrascht ein. »Wieso?«

Das kann unmöglich ihr Wunsch sein!

»Wieso? Wieso?« Ruckartig springt Ona auf und stößt mich dabei fast vom Bett herunter. »Wenn du es genau wissen willst«, faucht sie mich an. »Alix und Billie haben angerufen. Ich weiß jetzt, wer das Mädchen ist, mit dem Luca sich trifft. – DU!«

»Genau darüber wollte ich gerade mit dir reden«, beeile ich mich zu sagen.

»Das ist zu spät, Ginie!«, schreit sie los. »Du hättest es mir gleich erzählen sollen.«

»Aber das ging doch nicht«, verteidige ich mich. »Ich ...«

»Ach nein?«, fährt Ona mir dazwischen. »Und warum nicht? Wieso musstest du dich erst bei mir einschmeicheln? Hättest du dir Luca nicht krallen können, ohne dich vorher mit mir anzufreunden?«

»Nein, ich ... Es ist alles ganz anders. Ich ...«

Doch wieder lässt sie mich nicht ausreden.

»Gib dir keine Mühe. Ich kenne die Antwort«, sagt Ona. »Du bist kein Glücksbringer. Du bist abgrundtief böse. Eine Diebin nämlich und eine Lügnerin. Meine Mutter hat mit deinem Onkel gesprochen. – Er kennt dich überhaupt nicht. Und die alte Frau Lindemann von gegenüber, die hat dich schon eine ganze Weile vor unserem Grundstück herumlungern sehen. Du hast dich hier eingeschlichen. Und was das Schlimmste ist: Ich habe dir vertraut.« Onas Stimme, die eben noch wütend und stark geklungen hat, hört sich auf einmal an, als ob sie in hunderttausend Splitter zerbrochen wäre. »Ich hab dich gemocht, Ginie«, stößt sie unter Tränen hervor. »Ich hab gedacht, du bist meine Freundin. Die beste, die ich je hatte.«

»Aber ich bin doch deine Freundin«, rufe ich. »Ich bin sogar viel mehr als das! Du musst genau hinschauen, dann kommst du von ganz alleine drauf.«

Ona sieht mich an und schüttelt den Kopf.

»Hau ab«, sagt sie. »Ich will dich nie wiedersehen. Ich hasse dich. Ich hasse dich!«

Ein riesiger eiskalter Sog packt mich und reißt mich von den Füßen. Ich weiß sofort, dass jetzt etwas Schreckliches, etwas Unwiderrufliches passieren wird. Verzweifelt strampele ich mit Armen und Beinen und versuche, mich dagegen zu wehren. Um mich herum ist alles dunkel und mit jedem Atemzug scheint es immer noch schwärzer zu werden. Ich habe nicht die geringste Vorstellung, wo ich bin. Ich habe einfach nur Angst.

Madame Ludmille, bitte hilf mir!, brüllt es aus all meinen Poren.

Dabei ist mir klar, dass es keine Hilfe mehr gibt. Ich habe verloren. Verloren, weil ich versagt habe.

Nimm deine Aufgabe ernst und lass dich nicht verführen. Denn sonst wirst du nie wieder nach Hause zurückkehren können! – Das hat meine Direktorin zu mir gesagt, bevor sie mich in das Gurkenglas zwang und zu den Menschen hinunterwarf.

Selber schuld, Ginie. Jetzt hast du ausgespielt. So

fühlt es sich also an, wenn ein Flaschengeist sein Leben verliert. Dunkel und grausam.

Ona hat ganz recht: Ich bin eine Diebin und eine Lügnerin. Schlimmer sogar noch. Ich habe mir eingebildet, das Schicksal selbst lenken zu können.

Vielleicht ist es sogar ganz gut, dass ich nicht mehr zurückkann, ich könnte Romeo, Putilla und den anderen ohnehin nicht in die Augen sehen.

Oh, verdammt, soll diese Schwärze mich doch auffressen, aber – »bitte, bitte nicht, bevor ich die wichtigste Aufgabe meines Lebens erledigt habe«.

Kaum habe ich diesen Wunsch ausgesprochen, werde ich an den Haaren gepackt und erneut fortgerissen. Es tut nicht weh, es zeigt mir nur, wie winzig und bedeutungslos ich bin.

Hast du es denn noch immer nicht kapiert, Ginie? Es ist nicht an dir, irgendwelche Wünsche zu äußern. Du hast absolut nichts zu melden.

Noch einmal sehe ich Ona vor mir. Ich blicke in ihr wütendes, verheultes Gesicht. Und ich spüre ihre Enttäuschung so stark, dass es mir fast das Herz zerreißt. Es gibt wirklich und wahrhaftig nichts, was mir jemals so sehr wehgetan hat.

Das Allerschlimmste aber ist, dass ich es nicht wiedergutmachen kann.

Ona hat mich fortgeschickt. Ich habe keine Gebieterin mehr. Und auch keine Heimat. Ich gehöre nirgendwohin und werde nie wieder irgendetwas bewirken können.

»Das musst du mir ein wenig genauer erklären«, sagt Josha und mit einem Schlag ist es wieder hell um mich herum.

Verdattert gucke ich ihn an. »Was machst du denn hier?«

Josha verdreht die Augen. »Du hast es also noch immer nicht gecheckt.«

»Was?«

»Na, zum Beispiel, wer ich bin«, erwidert er stöhnend. »Was mit dir passiert ist. Wo wir hier sind …«

Ja, wo sind wir überhaupt? Ein wenig erschrocken sehe ich mich um.

Es ist seltsam hell an diesem Ort. Milchig-weiß, luftig und dennoch undurchdringlich. Ich spüre keinen festen Boden unter den Füßen und trotzdem werde ich irgendwie gehalten.

»Okay, wo sind wir also?«, frage ich.

»Dazwischen«, ist Joshas Antwort. Er steht jetzt genau vor mir. Sein Gesicht ist ziemlich schmal und viel blasser und durchscheinender als ich es in Erinnerung habe. Außerdem wirkt er älter und irgendwie weiser.

»Wir sind nicht mehr auf der Erde«, sage ich.

»Das war nicht schwer zu erraten«, erwidert er.

»Du bist Lucas Wunschgeist, stimmt's?«

»Was? Ich?« Josha lacht laut heraus und überschlägt sich in einem doppelten Rückwärtssalto. Im Gegensatz zu ihm kann ich mich überhaupt nicht bewegen, sondern hänge in dieser hellen milchig-weißen

Masse fest. »Genau«, höhnt er, »deshalb bin ich auch gerade hier bei dir.«

»Dann hat Madame Ludmille dich geschickt«, sage ich.

Josha nickt. »Das trifft es schon eher.«

Hab ich es doch geahnt!

»Du solltest mich überwachen, und jetzt bist du gekommen, um mich zu bestrafen.«

»Dazu hätte ich in der Tat nicht übel Lust«, meint Josha. »Aber du weißt inzwischen ja selber, wie das mit uns Geisterwesen ist: Wonach es uns gelüstet, interessiert einfach niemanden.«

»Du wirst mich also nicht bestrafen?«, frage ich erstaunt.

Josha schüttelt den Kopf. »Nein.«

»Und du bringst mich auch nicht zu Madame Ludmille?«

»Wäre das meine Aufgabe gewesen, wärst du längst dort«, sagt er. »Ich fürchte allerdings, sie will dich nicht sehen.«

»Okay, und was machen wir dann hier?«, entgegne ich. »Rumhängen?«

»Ganz sicher nicht«, erwidert Josha. »Dafür gibt es viel zu viel zu tun. Und wir sollten besser keine Zeit verlieren.«

»Ich verstehe nicht…«

»Dann sag mir doch einfach, was du jetzt am liebsten tun würdest«, versucht er mir auf die Sprünge zu helfen.

»Äh … aber, ich kann doch sowieso nichts mehr ausrichten«, stammele ich.

»Du vielleicht nicht, aber ich.«

»Heißt das, du würdest alles, was ich vermasselt habe, wieder geraderücken?«

Josha zuckt mit den Schultern und grinst. Und mit einem Mal sieht er wieder genauso jung und unternehmungslustig aus wie auf der Erde. »Nicht unbedingt alles.«

»Aber das Wichtigste …?«, frage ich leise.

»Wenn du mir verrätst, was das ist …«

Und ob ich das tue!

Das größte Problem an der Sache ist Onas Wunsch, mich nie wiedersehen zu wollen. Es könnte so einfach sein, wenn sie mir wieder vertrauen würde. Aber das ist Schnee von gestern. Und dazu gehört leider auch der Wunsch, den ich ihr bisher noch immer nicht erfüllt habe.

»Niemand kann etwas bereits Geschehenes wieder rückgängig machen«, erklärt Josha mir, und selten hat mir etwas derartig eingeleuchtet.

Warum auch immer – jedenfalls bekomme ich gerade die Chance, wenigstens etwas davon wiedergutzumachen.

Die Mittel, über die ich als Flaschengeist verfügen konnte, sind für mich jetzt allerdings nicht mehr nutzbar. Ohne Gebieter keine Zauberei, so simpel ist die Regel. Aber ich will mich nicht beklagen: Eine

Chance ist immerhin eine Chance und tausendmal mehr als das, womit ich gerechnet habe.

Natürlich weiß ich noch immer nicht, was hinterher mit mir geschehen wird, aber darüber kann ich mir später Gedanken machen. Jetzt will ich erst einmal alles tun, was in meiner beschränkten Macht steht, um meinen größten Fehler zu korrigieren.

»Könntest du mir einen Tipp geben?«, frage ich Josha, woraufhin er mich kritisch beäugt.

»Bist du sicher, dass du das möchtest?«

Ich seufze und verdrehe die Augen und öffne schließlich den Mund, doch er ist schneller.

»Du solltest dir das wirklich sehr gut überlegen«, sagt Josha mit äußerst ernster Miene.

»Warum?«

»Erstens ist nachdenken immer gut und zweitens darf ich dir darauf leider keine Antwort geben.«

Na toll!

Aber okay. Ich habe es zwar nicht kapiert, aber verstanden. Ich werde meine Klappe halten und ihn nicht noch einmal um Rat fragen.

Ich werde mich hinsetzen und nachdenken. Und dann wird mir zum Teufel noch mal auch etwas einfallen.

Es muss einfach!

Der Strand ist der Ort, an den Madame Ludmille mich geschickt hat. Es ist der Ort, an dem ich Ona und Luca zum ersten Mal traf. Und hierhin hat auch

Josha mich zurückgebracht. Ich brauche ihn nicht zu fragen, ich weiß auch so, dass an genau diesem Ort der Schlüssel für die Lösung liegen muss.

Langsam und bedächtig setze ich einen Fuß vor den anderen. Der Sand ist noch feucht vom letzten Hochwasser und ganz glatt und fest. Trotzdem fühle ich mich unsicher. Die Leichtigkeit, mit der ich bisher meine Wege zurücklegen konnte, ist verschwunden. Mein Körper fühlt sich bleischwer an und meine Schritte sind ziemlich wackelig.

Kurz vor der Stelle, an der ich das letzte Mal mit Luca zusammen gewesen bin, bleibe ich stehen und werfe einen Blick in den Himmel. Er ist bedeckt, doch dort, wo die Wolkendecke ein wenig heller leuchtet, lässt sich der Stand der Sonne ausmachen. Ich schätze, dass es ungefähr Mittag ist. Es wird also noch eine Weile dauern, bis Luca – hoffentlich! – hier auftaucht. Ich werde die Zeit nutzen und mir die passenden Worte zurechtlegen. Und so laufe ich weiter und immer weiter neben dem Steinwall entlang den Strand hinunter.

Auf meinem Spaziergang treffe ich Killer und sein Herrchen, der in ein Buch vertieft ist und mich fast über den Haufen rennt.

»Hey, Killer!«, rufe ich.

Der große Zottelhund stutzt. Er hebt den Kopf in meine Richtung und kommt schließlich herübergetrottet. Lachend klopfe ich mir auf die Schenkel, und noch bevor ich mich darüber wundern kann, dass meine Angst verschwunden ist, leckt er mir bereits die Hände. Es kitzelt ganz wunderbar und ich muss noch mehr lachen.

Später begegne ich noch Hilde und Johannes, die einander untergehakt haben und sehr glücklich aussehen, und dem kleinen Jungen mit seiner Mutter, die gerade dabei sind, einen »unterunterirdischen Tunnel« zu bauen.

»Glasturm!«, ruft der Kleine mir zu und lacht schelmisch.

Verwundert blicke ich ihn an. Ob dieser Junge wohl ausgerechnet zu den Menschen gehört, die Dinge wahrnehmen, die sonst kaum einer sieht?

Ich blinzele in die helle Wolkendecke und stelle fest, dass die Sonne inzwischen ein ganzes Stück tiefer gerutscht ist. Wenn ich Luca nicht verpassen will, muss ich jetzt zurückgehen.

Der Gedanke an ihn lässt meinen Puls sofort in die Höhe schnellen. Ich spüre einen dicken Klumpen im Hals, und auf einmal habe ich schreckliche Angst davor, ihm zu begegnen.

Langsam drehe ich mich um. Der kleine Junge und seine Mutter sind verschwunden und auch Hilde, Johannes und der Herr Hellbig sind nicht mehr zu sehen. Der Strand ist wie leer gefegt.

Ein beklemmendes Gefühl macht sich in mir breit. Wer bin ich eigentlich? Ein Mensch oder ein Geist, nichts davon oder beides zugleich? Existiere ich überhaupt noch? Vielleicht kann Josha mir diese Fragen beantworten. Ich will gerade nach ihm rufen, da bemerke ich ihn. – Luca!

Er steht auf meinem Inselstein und hat die Arme weit ausgebreitet, so als ob er jeden Augenblick davonschweben wollte.

»Halt!«, rufe ich und renne los. »Luca, warte! Ich muss mit dir reden!«

Er hört mich nicht, doch als ich endlich vor ihm stehe, nimmt er die Arme herunter und sieht mich an.

»Bitte, Luca, hör mir zu«, flehe ich. »Ich habe einen Fehler gemacht.«

Er nickt, und mir fällt auf, dass seine Augen ohne jeden Glanz sind. Sein Gesichtsausdruck ist ernst. Und traurig.

Wie hübsch du bist, denke ich. Ich wäre immer noch gerne mit dir befreundet. Aber ich weiß, dass das nicht geht.

Denn noch mehr sehne ich mich nach einer Freundschaft mit Ona. Ich wünsche mir so sehr, dass sie mir verzeiht.

Nur weil ich Luca für mich allein wollte, habe ich einfach nicht begriffen, dass er eigentlich schon längst zu Ona gehört, und meine Aufgabe nur darin bestand, die beiden zusammenzubringen.

»Wenn ich bloß wüsste, wo du wohnst«, murmelt Luca.

Ich starre ihn an. Und plötzlich ist mir klar, was ich zu tun habe.

Die letzte Aufgabe

Bedachtsam setze ich meine Füße auf die Steininsel. Ich stelle mich so dicht neben Luca, dass sich unsere Schultern berühren. Als ich meine Hand in seine schiebe, lächelt er. Er sieht mich nicht, aber offenbar kann er mich spüren. Es könnte also tatsächlich klappen.

»Komm«, sage ich leise und ziehe ihn sanft von der Insel herunter.

Lucas Muskeln spannen sich, und ich befürchte schon, dass er sich von mir losmachen will, doch das Gegenteil ist der Fall. Voller Vertrauen umschließt er meine Finger und läuft leicht und federnd neben mir her in Richtung Straße.

»Versprich mir, dass du nicht aufgibst«, raune ich ihm zu. »Es ist nämlich ein ziemlich weiter Weg.«

Natürlich antwortet er nicht, sondern seufzt nur leise und bleibt wie ein treuer Hund an meiner Seite.

Ich führe ihn und plötzlich ist alles ganz leicht. Mein Herz, mein Kopf und meine Schritte sind es auch. Es tut richtig gut, dass ich jetzt nur noch ein einziges klares Ziel habe und überhaupt nicht mehr an mich selber denken muss.

Schneller und schneller laufen wir zuerst den schmalen Pfad entlang, schließlich durch die Straßen und erreichen schon bald die Siedlung. – Oh, ich bin so aufgeregt, so furchtbar schrecklich aufgeregt.

Als ich in die Einfahrt gehen will, bleibt Luca plötzlich stehen und schüttelt den Kopf.

»Aber du kannst doch jetzt nicht schlappmachen!«, rufe ich. »Verstehst du denn nicht? Wir sind da! Das ist das Haus, in dem Ona wohnt. Wir brauchen nur noch um zwei Ecken zu laufen und schon sind wir bei ihr. Ona hockt garantiert in ihrem Zimmer. Sie hat nämlich Stubenarrest.«

Natürlich hört er mich nicht. Und dann entzieht er mir auch noch seine Hand und macht einen Schritt zurück. Unsicher blickt er zum Haus hinüber und schüttelt abermals den Kopf.

»Du bist dir nicht sicher, ob sie wirklich hier wohnt, stimmt's?«, sage ich.

Luca kratzt sich nachdenklich hinter dem Ohr.

»Warum klingelst du nicht einfach und fragst nach ihr?«, schlage ich vor.

Er zieht die Augenbrauen zusammen und mustert mich finster, doch dann hellt sich seine Miene mit einem Mal schlagartig auf. Luca lächelt sein süßes Lächeln und spaziert schnurstracks auf die Haustür zu.

»Ja, sehr gut«, raune ich.

Kurz bevor er die Eingangstreppe erreicht, atmet er noch einmal tief durch. Nach gefühlten sechsundzwanzig Flaschengeistjahren setzt er endlich einen Fuß auf die erste Stufe, beugt sich dem Klingelschild entgegen und starrt noch einmal sechsundzwanzig weitere Jahre darauf.

»Hey, du denkst doch wohl nicht etwa, dass sich das mit Hypnose erledigen lässt?«, wispere ich ihm ins Ohr.

Zu so etwas sind ausschließlich Flaschengeister in der Lage. – Und das auch nur, solange sie nicht durch unwürdiges Handeln in Ungnade gefallen sind.

»Jetzt mach schon!«, zische ich und stupse ihn ungeduldig in die Seite.

Luca schüttelt sich. Dann streckt er seinen Finger aus und berührt den Klingelknopf.

»Und jetzt drücken!«, fordere ich ihn auf.

Aber Luca, dieser Dussel, was macht er? Er zieht den Arm wieder zurück, dreht sich um die eigene Achse, wirft den Kopf stöhnend in den Nacken und rauft sich die Haare.

»So kommst du nie an dein Ziel«, brumme ich, greife nach seiner Hand und führe sie beherzt in Richtung Klingelknopf.

»Nein«, sagt Luca entschieden. »Was mache ich, wenn sie wirklich hier wohnt? Und wenn sie mir sagt, dass ich ein eingebildeter Affe bin und sie nie etwas von mir wollte, sondern sich immer nur über mich lustig gemacht hat?«

Na, jetzt hört sich ja wohl alles auf! Wie denkt der denn über Ona? Da müsste ich mir ja glatt überlegen, ob er sie überhaupt verdient hat. – Aber wie es aussieht, hat er seine Entscheidung ohnehin schon getroffen.

Luca macht noch eine wegwerfende Geste, wendet sich ab und steigt die Stufen hinunter.

»Hier geblieben!«, brülle ich, springe hinterher und stelle mich ihm mit ausgebreiteten Armen in den Weg. Doch Luca läuft einfach durch mich hindurch.

»Nein!«, rufe ich und sause herum. »Bitte, bitte! Du musst es probieren! Ich verspreche dir, dass alles gut wird. Ona mag dich!«

Wieder hechte ich ihm nach und versuche, ihn zurückzuzerren. – Vergeblich!

Verflixt! Verflachst! Verflucht! Ich sinke in mich zusammen, und nun bin ich es, die sich die Haare rauft.

Da ertönt plötzlich die Stimme von Frau Berlebitz hinter mir.

»Hallo, junger Mann!«

Ich fahre hoch, lasse die Hände sinken und starre Luca an.

Er ist stehen geblieben und dreht sich langsam um.

»Meinen Sie mich?«

»Siehst du hier sonst noch jemanden?«, erwidert Onas Mutter.

Luca schüttelt den Kopf.

»Dürfte ich erfahren, warum du hier vor unserer Haustür herumlungerst?«, fragt Frau Berlebitz.

»Ja… äh…«, stammelt Luca und reibt sich verlegen über die Oberschenkel.

»Du möchtest nicht zufällig zu meiner Tochter?«

»Ähem… ja, eigentlich schon«, erwidert Luca. »Wenn sie Ona heißt…«

»Hm.« Frau Berlebitz legt den Kopf ein wenig schief. »Und du? Du bist nicht zufällig Julius?«

Himmel, Geist und Wolkenbruch! Muss sie jetzt ausgerechnet von dem anfangen?

»Nein«, sagt Luca. »Ich heiße Luca und… na ja, ich würde Ona gerne kurz sprechen.«

»Tut mir leid«, entgegnet Frau Berlebitz. »Aber sie hat Hausarrest.«

Ha! Sie will doch bloß verhindern, dass Ona sich mit einem Jungen trifft! Mensch, Ginie, die Knutscherei mit Julius ist wirklich alles andere als hilfreich gewesen. Ich wünschte so sehr, ihre Mutter würde diese ganze unselige Geschichte einfach vergessen!

»Ja… äh… okay«, stammelt Luca und setzt sich nun rückwärts in Bewegung. »Ich wollte wirklich nicht stören.«

»Aber du störst doch nicht!«, ruft Frau Berlebitz nun lachend. »Ona ist in ihrem Zimmer und langweilt sich. Sie wird sich über deinen Besuch bestimmt wahnsinnig freuen.«

Wie bitte? Kann es sein, dass ich träume? Ich wirbele herum und glotze sie entgeistert an. Und auch Luca ist natürlich völlig irritiert.

»Ja… äh… also…«, stammelt er.

»Nun komm schon.« Frau Berlebitz macht eine einladende Geste. »Trau dich!«

»Ja, bitte«, flüstere ich ihm zu. »Trau dich endlich.«

Wie ich vermutet habe, sitzt Ona auf ihrem Bett und starrt vor sich hin, als ihre Mutter die Zimmertür öffnet und Luca sich an ihr vorbeidrückt. Louie hat sich in ihren Arm geschmiegt und schnurrt leise.

»Hallo«, krächzt Luca.

Ich quetsche mich an ihm vorbei, hocke mich ans Fußende und nicke ihm aufmunternd zu.

Ona blickt erschrocken auf und wird mit einem Schlag so rot wie eine Kirsche.

»W-was m-machst du denn hier?«, stößt sie hervor.

»Bitte nicht böse sein«, beeilt Luca sich zu sagen. »Ich weiß ja, dass du einen Freund hast … Julius, aber …«

Ona nickt. »Und du eine Freundin … Ginie.«

Ich schüttele wie wild den Kopf.

»Nein«, sagt Luca. »Jedenfalls nicht so, wie du vielleicht denkst. Schließlich ist Ginie auch deine Freundin.«

Ona bläst die Backen auf und nun schüttelt sie wie wild den Kopf.

»Das ist sie ganz bestimmt nicht.«

»Hm«, macht Luca und tritt unschlüssig von einem Fuß auf den anderen. »Äh … darf ich mich vielleicht kurz setzen?« Er deutet auf das Bett.

Louie hebt den Kopf und blinzelt freundlich. Er spreizt seine Pfote und schnurrt nun richtig laut.

»Okay«, sagt Ona und drückt den Kater fest an sich.

Zögernd schiebt Luca sich auf die Bettkante.

»Jedenfalls habe ich Ginie gesagt, dass es nicht geht.«

»Also doch!« Ona schiebt die Unterlippe vor. »Ich wusste es ja! Billie und Alix haben sich das nicht ausgedacht.«

Luca nickt. »Du meinst deine beiden anderen Freundinnen. Die, mit denen du sonst immer am Strand warst.«

»Ja«, sagt Ona. »Ach, ist ja auch egal.«

»Gar nicht«, erwidert Luca. »Mir ist es nicht egal, was du denkst.«

Seine Finger tasten nach Louies schwarzem Pelz.

Der Kater windet sich in Onas Arm, bis er auf dem Rücken liegt. Er schielt Luca an und schnurrt wie blöd.

Ona kichert leise. »Ich glaub, er mag dich.« Sie beißt sich auf die Lippe, als hätte sie etwas Verbotenes gesagt, und senkt den Kopf.

»Ich mag dich auch«, krächzt Luca. »Sehr sogar. Ich hab immer gehofft, dass du mal alleine kommst, damit wir reden können.«

»Ich hab mich nicht getraut«, sagt Ona so leise, dass es kaum zu hören ist.

»Ich konnte ja nicht wissen, dass du schon einen Freund hast«, setzt Luca traurig hinzu.

»Hab ich doch gar nicht«, erwidert Ona. »Das mit Julius, das war doch nichts. Bloß eine verrückte Geschichte.« Sie tippt sich an die Stirn. »Total crazy. Fast wie ein Traum. Kein schöner Traum allerdings«, setzt sie hastig hinzu.

Luca seufzt leise und starrt auf Onas Blümchenbettdecke. Ich sehe, wie seine Schläfen pulsieren, wie seine Nasenlöcher beben, wie sehr er mit sich ringt.

»Ich hab auch von dir geträumt«, stößt er schließlich hervor. »Wie du einen geküsst hast. Dabei wollte doch ich …« Er bricht ab und zuckt verschämt die Achseln. »Eigentlich müssen wir uns ja erst mal kennenlernen.«

Ona richtet ihre hübschen braungrünen Augen auf ihn. Und plötzlich ist es ganz still im Zimmer. So still, als ob die Erde aufgehört hätte, sich zu drehen. Tausenddreihundertfünfundneunzig lange Jahre sehen sie sich einfach nur an. Mir platzt eine Hutschnur nach der anderen, doch ich halte mich tapfer zurück. Dann endlich schiebt Ona Louie zur Seite und berührt sachte Lucas Hand.

»Ich finde, das müssen wir nicht«, flüstert sie und beugt sich langsam vor.

Luca rutscht ein Stück auf sie zu, ihre Nasenspitzen sind jetzt nur noch ein paar Zentimeter voneinander entfernt. Mein Herz klopft wie verrückt. Ich sehe Onas hunderttausend Sommersprossen und ihren schüchtern lächelnden Mund, ich sehe Lucas Ohr, das sich vorwitzig durch seine dunklen Strähnen schiebt, und ich sehe seine Hand, die nun zärtlich die von Ona umschließt.

Um die beiden herum blitzen tausend Funken. Keine Ahnung, wie sie das aushalten, für mich ist die Spannung jedenfalls kaum noch zu ertragen.

»Jetzt küsst euch endlich oder ich sterbe«, rufe ich, lege meine Hand auf Lucas Rücken und verpasse ihm einen leichten Stoß. Er kippt nach vorn und rumst mit seiner Stirn gegen Onas Nase.

»Autsch«, sagt sie und Luca murmelt: »Tut mir leid. Ich … ich mach's wieder gut.«

Er küsst ihre Nasenspitze, die Stelle zwischen ihrem linken Auge und dem Nasenflügel, ihren Mundwinkel … Und während ich vor lauter Romantik schon ganz zappelig werde, sitzt Ona nur da wie ein Stock und rührt sich nicht.

»Also, wenn ich du wäre, ich wüsste ziemlich genau, was ich jetzt täte!«, stöhne ich.

Und in diesem Moment tut sie es: Ona legt ihre Lippen mitten auf Lucas Mund. Ein paar Sekunden verharren sie so, dann fangen ihre Münder endlich an, einander ganz sachte zu küssen. Luca rutscht immer näher an Ona heran und sie schlingt ihre Arme um seinen Hals.

Eine feine Brieselwelle durchflutet mich. Ich kann mich nicht erinnern, jemals etwas so wundervoll Herzerwärmendes gesehen zu haben.

»Miau«, macht es kläglich und Kater Louie zwängt sich zwischen ihren Bäuchen hervor. Er kommt geradewegs auf mich zugetappt und kringelt sich schnurrend in meinem Schoß zusammen.

Lächelnd streichele ich sein weiches Fell. Meine Mission ist nun beendet. Ich habe meinen Fehler wiedergutmachen dürfen. Dafür liebt mich jetzt sogar Louie. Ich bin total glücklich und dankbar. Gleichzeitig breitet sich aber auch ein wehmütiges Gefühl in mir aus. Denn dies sind die letzten Minuten oder gar Sekunden, die ich bei Ona verbringen darf. Danach werde ich sie nie wiedersehen. Und das macht mich so traurig, dass ich auf der Stelle losheulen könnte.

Wo auch immer ich sein werde, ich weiß schon jetzt, dass ich sie schrecklich vermissen werde. Wie gern würde ich ihr beweisen, dass ich ihr eine wahre und treue Freundin sein könnte. Doch dafür ist es leider zu spät.

Noch einmal sehe ich Ona und Luca an, die nun nebeneinander auf dem Bett liegen, sich bei der Hand halten und leise miteinander reden. Onas großer Zeh berührt meinen Oberschenkel. Ich tippe sanft mit dem Finger darauf.

»Ich hab dich so wahnsinnig gern«, presse ich hervor. »Und ich werde dich ganz bestimmt nie vergessen. Du und Luca, ihr sollt glücklich sein. Das ist nämlich das Allerwichtigste überhaupt.«

Ich höre, dass meine Stimme zittert, und wende mich rasch ab, damit ich nicht tatsächlich noch zu flennen anfange. Da fällt mein Blick auf Onas Nachtschränkchen. Zwischen der Lampe und einem Bücherstapel blitzt etwas Gläsernes hervor. Mir stockt der Atem, denn mir ist sofort klar, dass es sich nur um mein Gurkenglas handeln kann.

Bestimmt hat Ona es in ihren Händen gehalten und dabei sehnsüchtig an Luca gedacht. Nun ja, jetzt braucht sie es nicht mehr.

Behutsam hebe ich Louie von meinem Schoß und bette ihn auf die Blümchendecke. Dann erhebe ich mich, mache einen Schritt auf das Nachtschränkchen zu und greife nach dem Glas.

Augenblicklich werde ich von einem Sog erfasst. Ona, Luca, das ganze Zimmer mit all seinen Möbeln lösen sich in bunten Schlieren auf und plötzlich stehe ich mitten im Büro der Schulleiterin.

Das Geheimnis der Wünsche

»Hallo, Ginie«, sagt Madame Ludmille, die hinter ihrem Schreibtisch sitzt und gerade mit einer langen bauschigen Feder eine Notiz in ein weißes, mit einem goldenen Streifen umrandetes Buch macht. »Darf ich fragen, was dich dazu bewogen hat, mein Büro ohne Anmeldung zu betreten?«

»Äh … keine Ahnung«, stammele ich.

»So, so. Keine Ahnung.« Lächelnd legt die Direktorin die Schreibfeder beiseite und schaut mich über den Rand ihrer Brille hinweg belustigt an. »Na, das ist ja nichts Neues. Dabei hatte ich eigentlich gedacht, dass du inzwischen etwas dazugelernt hast.«

»Oh, das habe ich«, beeile ich mich zu sagen. »Ich weiß inzwischen, dass man Dinge oder Menschen nicht einfach besitzen kann, bloß, weil man sie schön findet.«

»Aha«, sagt Madame Ludmille. Sie nimmt ihre Brille ab und legt sie neben die Feder auf die Schreibunterlage. »Und weiter?«

»Äh ... also, keinen Schimmer ... Ich meine, ich weiß ja nicht einmal, warum ich jetzt überhaupt hier bin.«

»So, das weißt du auch nicht.« Madame Ludmille seufzt leise und deutet auf das Gurkenglas in meiner Hand. »Du hältst es aber nicht für ganz und gar ausgeschlossen, dass es etwas damit zu tun haben könnte, oder?«

Ich sehe zwischen ihr und dem Glas hin und her.

»Äh ... nein«, sage ich. »Es ist bloß ... Ich wundere mich ein bisschen ... weil ...« Madame Ludmille spitzt die Lippen und ich sehe verschämt zu Boden. »Na ja, eigentlich hatte ich gedacht, ich wäre tot ... oder so etwas.«

Hinter mir lacht jemand auf. Ich sause herum, und zu meiner großen Verblüffung erblicke ich Josha, der es sich der Länge nach auf dem wolkenweichen Teppichboden bequem gemacht hat.

»Was tust du denn hier?«, platze ich heraus.

»Das gleiche wie du«, erwidert er. »Abschlussbericht.«

»Abschlussbericht ...?« Ich schüttele den Kopf. »Was für ein Abschlussbericht?« Im nächsten Moment dämmert es mir. »Oh, ja, schon klar. Du musst der Direktorin natürlich haarklein erzählen, wie die Sache ausgegangen ist.«

»Das habe ich bereits«, sagt Josha.

»Und? Wie ist dein Urteil ausgefallen?«, frage ich bissig. »Hab ich es am Ende noch einigermaßen hingekriegt?«

»Das steht doch überhaupt nicht zur Debatte«, sagt Madame Ludmille streng. »Oder denkst du etwa, ich würde mir aus deinem Mund irgendwelche Informationen über Ona Berlebitz verschaffen?«

Moment mal. Jetzt kapier ich gar nichts mehr.

»Dann hat Josha also gar nicht hinter mir herspioniert?«, frage ich vorsichtig. Allmählich komme ich mir wirklich blöd vor, und ich habe absolut keine Lust, diese Blödheit hier noch weiter zur Schau zu stellen.

»Warum sollte er?«, erwidert Madame Ludmille erstaunt.

Weil Sie ihn dazu beauftragt haben, vielleicht, denke ich.

Ein kleines Schmunzeln stiehlt sich in das Gesicht der Direktorin, sie sagt aber nichts. Und wieder schiele ich beschämt zur Seite.

»Okay«, sage ich schließlich. »Er ist also doch Lucas Wunschgeist gewesen. Auch er hat seine Mission beendet und jetzt …«

»Kannst du mir eine einzige Stelle in deinem Schulbuch nennen, an der geschrieben steht, dass die Mission eines Flaschengeists jemals beendet ist?«, fährt Madame Ludmille dazwischen. »Es sei denn, sein Herr und Gebieter verzichtet freiwillig auf seine Dienste?«

»Äh, nein«, sage ich schnell.

»Dann erklär mir bitte, wie Josha hier sein kann«, fordert sie mich auf.

»Er kann es nicht«, sage ich. »Zumindest nicht, wenn er Lucas Wünsche erfüllen soll.«

»Das nenne ich eine präzise Schlussfolgerung«, erwidert die Direktorin nicht ganz ohne Spott.

»Entschuldigen Sie bitte, Madame Ludmille«, brause ich auf. »Aber ich bin ehrlich gesagt ziemlich verwirrt. Ich weiß ja, dass ich manchmal schwer von Begriff bin, aber ich fänd es wirklich klasse, wenn Sie mir endlich ein paar Fragen beantworten würden.« Ich unterbreche meinen Redeschwall und hole einmal tief Luft, bevor ich mit meiner Aufzählung beginne: »Warum hat Josha mich von der Erde weggerissen und mich in dieses komische weiße Korsett gesteckt? Weshalb konnte ich später dann wieder zur Erde zurück und Ona und Luca doch noch zusammenbringen? Und wieso habe ich mich zuletzt so schwer wie ein Mensch gefühlt, obwohl ich so unsichtbar war wie ein Geist?«

»Nun ...«, beginnt Madame Ludmille, nachdem sie sich einige Male geräuspert hat. »Ich bin sehr froh, dass du mich das fragst, mein Kind«, fährt sie zu meiner großen Verwunderung fort, denn eigentlich hatte ich mit weiterem Hohn und Spott gerechnet. Doch stattdessen klingt die Stimme der Schulleiterin jetzt außerordentlich sanft. »Glaube mir, niemand kann sich besser in dich hineinversetzen als ich.« Sie deutet auf ihre kostbaren Gläser in der Vitrine. »Auch ich habe in jungen Jahren nicht unbedingt immer den geraden Weg zum Ziel gewählt.«

Ich starre auf die Glassammlung und schüttele irritiert den Kopf. Bevor ich allerdings etwas einwenden kann, stellt Madame Ludmille mir eine Frage:

»Was ist die Aufgabe eines Menschen?«

»Äh, das weiß ich nicht genau«, sage ich. »Vielleicht sein Leben zu leben.«

»Hm.« Die Direktorin nickt. »Das ist gut möglich. Aber ehrlich gesagt, weiß ich das auch nicht.« Sie macht eine ungeduldige Handbewegung. »Es spielt für unsereins auch keine Rolle«, setzt sie hinzu und nun durchbohrt sie mich mit ihrem Blick. »Was ist die Aufgabe eines Flaschengeists?«

»Wünsche erfüllen«, sage ich wie vom Flitzebogen abgeschossen.

»Wessen Wünsche?«

»Die seines Herrn und Gebieters.«

»Und wessen nicht?«

»Seine eigenen.«

»Gut«, sagt Madame Ludmille und lehnt sich in ihren Stuhl zurück. »Ich nehme an, du stimmst mit mir darin überein, dass dies eine ganz besondere Last ist, welche wir da zu tragen haben?«

Ich nicke zaghaft. Einerseits widerstrebt es mir plötzlich, die Unwahrheit zu sagen. Andererseits lege ich keinen großen Wert darauf, gleich wieder eins auf den Deckel zu kriegen. Madame Ludmille scheint aber gar nicht vorzuhaben, mich aufs Neue zurechtzuweisen.

»Wünsche hat nämlich jeder«, erklärt sie mir nun voller Eifer. »Ganz egal, ob er ein Mensch, ein Tier, ein Geist oder ein sonst was ist.«

»Oh!«, rufe ich.

»Und Wünsche an sich sind auch nichts Unrechtes«, fährt die Direktorin fort. »Außerdem gibt es genügend Dinge und glückliche beziehungsweise weniger glückliche Umstände, die einzig und allein dazu geschaffen sind, all diese Wünsche zu erfüllen.«

»Oh!«, rufe ich noch einmal, denn natürlich fällt mir sofort das Dingeparadies in Onas Wohnviertel wieder ein.

»Es gibt allerdings einiges zu beachten«, sagt Madame Ludmille nun wieder in weitaus strengerem Tonfall. Sie nimmt meinen unsteten Blick auf und hält ihn gefangen, wohl um sicherzugehen, dass mir nichts von dem, was sie mir nun zu sagen hat, entgeht. »Erstens: Nur die wenigsten Dinge gehören einem einzigen Wesen ein Leben lang. Zumeist braucht man sie auch gar nicht für immer. Zumindest dann, wenn es sich um Gegenstände handelt. Für Freundschaften und Liebesbeziehungen gelten andere Regeln, aber auch hier kann es durchaus Verschiebungen geben«, fügt Madame Ludmille nach kurzem Innehalten hinzu. »Auf jeden Fall verhält es sich so, dass stets alles mehr oder weniger in Bewegung ist. Auch die Kleidungsstücke, die du für Dinge-Herzaubern organisiert hast, sind nicht aus dem Nichts entstanden ...«

»Ja, das habe ich mir schon gedacht«, murmele ich, doch die Schulleiterin scheint es nicht gehört zu haben, denn sie fährt ohne Unterbrechung in ihren Belehrungen fort: »... und deshalb konntest du sie auch nicht behalten. Nach einer gewissen Zeit der Aufbewahrung im Schulfundus müssen sie nämlich in den allgemeinen Wunschkreislauf zurückgeführt werden, damit auch andere wieder Zugriff darauf haben.«

»Okay, das verstehe ich ja mittlerweile alles«, versichere ich ihr. »Trotzdem haben Sie mir noch keine einzige meiner Fragen beantwortet.«

»Nur Geduld, mein Kind, nur Geduld«, erwidert Madame Ludmille mit großer Geste. »Zum besseren Verständnis des Ganzen bedarf es nun einmal der einen oder anderen Ausschweifung.«

Okay, okay. Ich nicke geflissentlich und signalisiere meiner Schulleiterin, dass ich weiterhin voll konzentriert ihren Worten lauschen werde.

»Entscheidend für einen harmonischen Kreislauf der Wünsche ist, dass ein jeder ebenso gut geben wie nehmen kann und zwischen wichtig und unwichtig zu unterscheiden weiß«, schärft Madame Ludmille mir ein. »Dinge, die man nicht mehr braucht, sollte man frohen Herzens weitergeben können. Dinge, die man einfach nur besitzen will, machen auf Dauer nicht wirklich zufrieden. Wir nennen sie kurzzeitige Begehrlichkeiten, die in der Regel besser zu einem anderen Wesen passen als zu einem selbst. Wahres Glück dagegen verspricht nur die Erfüllung eines Herzenswunschs. Solche Herzenswünsche hat ebenfalls jeder.« Madame Ludmilles Blick verfinstert sich ein wenig. »Die Krux an der Sache ist jedoch, dass diese

Herzenswünsche oftmals hinter den kurzzeitigen Begehrlichkeiten verborgen liegen, sodass man sie nicht gleich oder schlimmstenfalls sogar erst viel zu spät erkennt. Und genau diese Anlage war bei dir zu beobachten.«

»Ich weiß, Madame Ludmille, ich weiß«, sage ich schuldbewusst. »Deshalb haben Sie mich ja bereits vor Beendigung meiner Ausbildung zur Erde geschickt.«

Die Direktorin nickt. »Es war die einzige Möglichkeit für dich, die Abschlussprüfung überhaupt zu bestehen.«

Ungläubig schüttele ich den Kopf. »Heißt das, ich habe sie bereits bestanden?«

Madame Ludmille schenkt mir ein mildes Lächeln. »Natürlich, mein Kind.«

Ist ja genial!

»U-und wie geht es jetzt weiter?«, frage ich aufgeregt.

»Nun, das liegt ganz bei dir«, erwidert die Schulleiterin. »Du hast gewissermaßen die freie Auswahl.«

»Oh!«, rufe ich und noch einmal: »Oh!«

»Möchtest du nun nicht mehr, dass ich dir deine Fragen beantworte?«, erkundigt Madame Ludmille sich eher beiläufig.

»Äh … doch«, stammele ich.

»Gut.« Die Direktorin nickt. »Ich knüpfe daran allerdings eine Bedingung.«

»Ja …?«, sage ich zögernd.

»*Du* musst mir erklären, wer Josha ist.«

Ach, du lieber Himmel! Den habe ich ja völlig vergessen!

Wie ertappt drehe ich mich um und stelle fest, dass er noch immer hinter mir auf dem Teppichboden liegt. Er hat die Arme unter dem Kopf verschränkt und den Unterschenkel des einen Beins auf das aufgestellte Knie des anderen gelegt. Sein Fuß wippt locker auf und ab und seine Mundwinkel umspielt ein zufriedenes Lächeln.

Ich mustere seine zierliche Figur, sein schmales Gesicht und sein strubbeliges Haar, und mit einem Schlag wird mir klar, dass er dieselbe Kontur hat wie der Schatten, der nachts über Onas Kopfkissen gehuscht ist. Josha war nie ein Schüler in Onas Klasse. Inzwischen bin ich auch davon überzeugt, dass er für niemanden zu sehen war. – Außer für mich natürlich.

»Okay, du bist nicht Lucas Wunschgeist«, sage ich. »Aber du hast mir hinterherspioniert.«

In Joshas Augen blitzt etwas auf. Grinsend schüttelt er den Kopf. »Das stimmt so nicht ganz«, erwidert er. »Ich habe dir vielleicht ein bisschen ins Gewissen geredet …«

»Und mich bestraft«, füge ich hinzu.

»Zum heiligen Christopherus!«, ruft Madame Ludmille und schlägt die Hände über dem Kopf zusammen. »Wie oft soll ich es dir denn noch sagen? Das ist nun wahrlich nicht seine Aufgabe gewesen!«

»Aber er war doch immer bei mir«, wende ich ein. »Sogar als ich feststeckte, nachdem Ona mich fortgejagt hatte.«

»Natürlich war er das«, sagt die Schulleiterin lächelnd. »Du bist schließlich auch immer bei deiner Herrin gewesen, bis sie dich fortjagte.«

Ich starre sie an und vergesse glatt zu atmen. »Aber das kann nicht sein«, stoße ich hervor. »Ich habe in den ganzen 84 Jahren meines Lebens nie ein einziges Glas geöffnet!«

»Das war in dem Fall auch gar nicht nötig«, erwidert Madame Ludmille. »Es ist sozusagen Joshas Herzenswunsch gewesen, dein Wunschgeist zu sein.«

Ich glaub, ich hör nicht richtig!

»Wieso denn das?«, entfährt es mir.

»Nun«, meint die Direktorin schulterzuckend. »Offenbar ist er gern in deiner Nähe.«

Ich sehe Josha an, der nun nur noch recht verhalten zu mir heraufgrinst. Auf seinen Wangen haben sich tomatengroße rote Flecken gebildet.

»U-und wer hat ihm diesen Herzenswunsch erfüllt?«, frage ich.

»Nun«, sagt Madame Ludmille, die nun ihrerseits zart errötet. »Das tut hier nichts zur Sache.«

A-alles klar …!

»Ihr zwei habt es euch jedenfalls nicht leicht gemacht«, fährt sie etwas unwirsch fort. »Ständig stand der eine Wunsch gegen den anderen.« Die Direktorin wendet den Blick zur Decke und stöhnt. »Fast hätte weder die eine noch die andere das Herz dieses reizenden Jungen … äh, wie hieß er noch gleich ? … Ach ja, Luca! … gewinnen können. Wenn Josha die Erfüllung deines Wunsches, von deiner Gebieterin zum Teufel geschickt zu werden, zeitlich weniger günstig gesetzt hätte – also, ich weiß wirklich nicht, wie die Sache dann ausgegangen wäre.«

»I-ich b-bin also tatsächlich beim T-Teufel gewesen?«, stammele ich.

»Beim Teufel oder sonst wo«, erwidert Madame Ludmille. »Auf jeden Fall stecktest du fest. Aber zum Glück bist du ja relativ schnell zur Besinnung gekommen. Die Leichtigkeit deines Geistwesens hast du dabei allerdings verloren.«

Ich nicke zerknirscht.

»Wären deine Fragen damit beantwortet?«, fragt die Direktorin.

»Ja … äh, nein«, sage ich. »Ich weiß ja leider noch immer nicht, wie es jetzt weitergeht.«

Madame Ludmille hebt ihre Augenbrauen. »Nicht?«, fragt sie harsch. »Tja, dann, mein Kind, kann ich dir leider auch nicht mehr helfen.«

Seufzend setzt sie ihre Brille auf, greift nach der Schreibfeder und fährt mit ihren Eintragungen fort.

Mir ist sofort klar, dass ich von ihr keine weiteren Erläuterungen erwarten kann, und wende mich Josha zu, dessen Herzenswunsch es war, in meiner Nähe zu sein. – Und plötzlich weiß ich, wie es weitergeht.

Es ist ein klarer, sonniger Nachmittag, als Josha und ich über den Steinwall zum Strand hinunterklettern. Das Meer geht langsam zurück und hinterlässt einen wahren Schatz an Muscheln, Stecken, Plastikflaschen, Krebstierchen, Tang und Schiffstauen.

Kinder plantschen im Wasser, bauen Burgen oder spielen Ball mit ihren Eltern, sie kreischen und lachen und darunter mischt sich das Gebell von Killer, der dem Stecken nachjagt, den Herr Hellbig schwungvoll durch die Gegend schleudert.

»Sie sind nicht da«, sage ich.

»Doch, sind sie«, widerspricht Josha. »Ich glaube, du bist so aufgeregt, dass du den Wald vor lauter Bäumen nicht siehst.«

»Das ist ein blöder Spruch«, weise ich ihn zurecht. »Es gibt hier keinen einzigen Baum.«

»Er passt trotzdem«, beharrt Josha und stupst mich in die Seite. »Und jetzt sieh mal genau hin.«

Suchend lasse ich meinen Blick über den Strand wandern und plötzlich entdecke ich sie: Ona und Luca. Hand in Hand schlendern sie auf uns zu, keine zwanzig Schritte mehr von uns entfernt.

»Josha, ich könnte schwören, dass sie eben noch nicht da waren.«

»Geht mir genauso«, sagt Josha und zwinkert mir zu.

»Oh, du!« Lachend schlage ich nach ihm, doch dann gewinnt meine Aufregung schnell wieder die Oberhand.

Ich atme noch einmal tief durch, um meinen Puls etwas zu beruhigen, dann setze ich mich langsam in Bewegung.

Je näher ich ihnen komme, je deutlicher Onas Augenfarbe zu erkennen ist und je stärker ihre Sommersprossen hervortreten, desto nervöser werde ich. Ich versuche mich auf Lucas abstehendes Ohr zu konzentrieren, aber mein Blick wandert unwillkürlich immer wieder zu Ona zurück. Und ehe ich mich versehe, stehe ich bereits vor ihr.

»Hallo«, krächze ich.

»Hallo«, sagt sie und schaut mich verwundert an. »Kennen wir uns?«

»Äh …«, sage ich. »Nein, ich glaube nicht.«

Mein Blick fällt auf ihre Halsbeuge, in der ein kleines Herz aus rotem Kristallglas baumelt.

»Hm«, macht sie. »Und warum …?«

»Ich fand dich irgendwie nett«, sage ich schnell.

Sie schiebt ihr Kinn vor und grinst. »Und jetzt nicht mehr?«

»Äh … wieso? – Ach so!« Ich muss lachen. »Nein, nein. Ich glaube, ich finde dich immer noch nett. Na ja, genau wissen kann man das natürlich erst, wenn man sich ein bisschen besser kennt«, füge ich schulterzuckend hinzu.

»Dann sollten wir uns vielleicht kennenlernen«, erwidert Ona und mustert mich offen vom Scheitel bis zur Sohle. »Du siehst irgendwie neu aus … Ich meine, ich hab dich noch nie hier in der Gegend gesehen.«

»Stimmt«, sage ich. »Meine Familie wohnt zwar in der Nähe, aber ich bin eine ganze Weile woanders zur Schule gegangen.«

»Auf einem Internat?«

Ich nicke. »Mhm, so ähnlich.«

»Seltsam«, sagt Ona und mustert mich wieder eingehend. »Irgendwie erinnerst du mich an jemanden. Bitte, du darfst mich jetzt nicht auslachen, aber es kommt mir so vor, als ob ich schon mal von dir geträumt hätte.«

»Meinst du echt?« Ich schüttele den Kopf. »Ist ja crazy.«

»Ja …« Onas Blick bleibt an meinen Chucks hängen. »Genau die gleichen habe ich auch. Zumindest hatte ich sie mal … Ich bin nämlich nicht gerade die Ordentlichste musst du wissen.«

Ich weiß, denke ich und dann sehen wir uns eine Weile unschlüssig an. Schließlich ist es Ona, die sich als Erste daran erinnert, dass sie über eine Stimme verfügt.

»Ja, also … am Samstag gebe ich eine kleine Party. Mein Vater kommt nämlich von einem Kongress zurück und spendiert mir Getränke und Knabberzeug. Wenn du Lust hast, kannst du gerne vorbeikommen und meine anderen Freunde kennenlernen … Alix und Billie, Julius …« Sie bricht ab und schmiegt ihren Kopf gegen Lucas Schulter. »Das hier ist übrigens Luca«, sagt sie. »Wir sind … na ja, zusammen …«

»Das ist toll«, sage ich.

Luca grinst verlegen. »Ja, das finden wir auch.«

Er und Ona sehen sich an und erröten zart.

»Und das hier ist Josha«, sage ich und schiebe meine Hand in seine. Ich drücke sie sanft. »Wir sind auch … na ja, zusammen.«

Oder so ähnlich.

Als Wunschgeist wird er mir nämlich nicht mehr viel nützen – jetzt, da ich endlich wunschlos glücklich bin.

GINIE
IM
GLAS

Patricia Schröder

Zweiland

Sternengold und Schattenschwarz

ca. 256 Seiten, ISBN 978-3-570-22309-3

Vierzehn Jahre ist es her, dass das Land nach einem unseligen Krieg in zwei Reiche geteilt wurde – das schwarze und das goldene. Zwei Brüder führten ihn an: Mincosir und Magnor, der große Magier, der in seinem Zorn Mincosirs Tochter mit sich nahm, die er abgeschieden auf der weißen Insel als sein eigenes Kind großzog. Doch nun ist Moana vierzehn, Zweifel regen sich in ihr und sie verlässt heimlich die Insel. Zur gleichen Zeit entführt ein waiser Alter zwei Jungen aus dem schwarzen und goldenen Land, um sie auf ihre Aufgabe vorzubereiten. Denn es sind diese drei Kinder, die nach der Prophezeiung den erneuten Krieg verhindern sollen ...

www.cbj-verlag.de

40082

Patricia Schröder

Milla & Emilia

Was passiert, wenn eine echte Städterin auf ein richtiges Landei trifft? Es kracht erstmal gewaltig. Milla lebt erst eine Woche auf dem Land, doch von Emilia und ihren total verrückten Ideen hat sie jetzt schon genug. Freundschaft ausgeschlossen? Oh nein! Denn als Milla sich total in einen supersüßen Unbekannten verliebt, da ist Emilia mit den grandiosen Einfällen ihre Rettung – und prompt tauchen gleich mehrere Traumjungs auf, auf die Millas Beschreibung passt ...

Landei mit Liebeskummer
176 Seiten, ISBN 978-3-570-22282-9

Drei Jungs sind einer zu viel
176 Seiten, ISBN 978-3-570-22324-6

Freundinnen und andere Ungeheuer
176 Seiten, ISBN 978-3-570-22356-7

cbj

www.cbj-verlag.de

40119

Patricia Schröder

Plötzlich Zwilling

180 Seiten ISBN 978-3-570-22119-8

Lisa und Antonie sind wie Tag und Nacht, wie Fisch und Fahrrad. Unterschiedlicher als die beiden können zwei Mädchen nicht sein. Und doch gehören sie zusammen wie die Schokolade zum Schokokuchen. Die beiden sind Zwillingsschwestern – nur wissen sie nichts voneinander, bis zu dem Tag, als sie sich zufällig kennenlernen und einem lange gehüteten Familiengeheimnis auf die Spur kommen.

5467

cbj

www.cbj-verlag.de